麦 地

钟文 | 著

长江出版传媒 长江文艺出版社

北京长江新世纪文化传媒有限公司

www.cjxinshiji.com

出品

序 言

写作是一种信仰。

它给予你太阳那种热情、月亮那种阴柔。

它包含着浓烈与淡漠、狂喜与悲怆，无法用任何单一的词汇描述。

它是如此可爱，以至我诚心实意地写出了这本书。

是为序。

目 录

引 子

　　我认识的那个面馆老板叫阿旺，今年六十岁了。

　　这是个独特的年纪，听着比"中年人"老气，比"老年人"稚嫩。五十九岁的时候，他还能用"嗨，我也就五十多"蒙混过关，可这六字头的关口一过，他就再无借口，只能把嘴努成一个圆，小心地蹦出那个"六"字儿。

　　《论语》里头说"六十而耳顺"，就是什么事儿都听听就得了，不往心里去，也懒得和谁较真。这像极了阿旺。他的脊背轻微往前驼着，像头和颜悦色的老驴，无论看见谁嘴角都往上扬，眼睛眯成一条缝，好像每天的太阳都照常升起，且在它的照耀下，人间没有半点腥风血雨。

　　我是个异乡人，在弓城靠卖冰糖葫芦起家。弓城是省会，作为一省之首，地大物博。名气大了自然人人都想去，可去了之后，又极容易迷路。我自幼爱吃面食，一想到自家麦地里的小麦，我敏感的味蕾便被撩拨起来——那绝对是种说不清也道不明的执念味道。可在遥远的异乡，要找到一家钟爱的面馆，只能看交不交得上好运。要是能碰到，真是一种实实在在的福气。况且，自打我成了光棍之后，厨房就成了蟑螂和蚂蚁的战场。它们在里头摇旗呐喊，各占地盘，总之就是打得火热，全然不把我放在眼里。于是，我只好把阿旺的面馆当成肚子的港湾。

他这里的祖传甘峡热汤面，我是很认可的。每当我吃下一大碗热汤面，心情也就畅快起来，我这糙老爷们儿心里泛滥的阴柔小情绪，便能得到些许告慰。他的面做得比其他地方筋道，麦香四溢，碗比别家大，分量还出奇得足。这年头，这样的面馆可不多了。我在他的面馆也算是下了血本，我吃的面估计能不打磕巴地绕地球一圈。

弓城最红火的面馆，便是阿旺开的这家。而掌柜阿旺，在弓城绝对能算得上是个大人物，我总能听到各种各样关于他的传说。什么百万富翁、破案英雄、再世济公，总之怎么邪乎怎么来，从他的头发丝儿到脚指头，都令我好奇极了。

仗着我是这里的常客，又混了个脸熟，便总明目张胆地找老板阿旺聊天。那时的我想，如果阿旺能凭借这麦香十足的热汤面成为了不起的大人物，那么我这个卖糖葫芦的，不也前途不可限量嘛。每当想到这里，我便摩拳擦掌跃跃欲试，好像我也铆足了火力，朝着成功的道路全速迈进了。

由于我要向他讨教成为成功人士的本领，便总拿我的冰糖葫芦收买他。每当他用粗糙的手指捏住细细的木棒，伸出舌头喜滋滋地舔上面的冰糖时，就像个孩子一样咯咯冲我笑。吃完后，我就哄他说说年轻时候的光荣事迹。

我问他："听说你是百万富翁？"

他不说话，只是冲我微微一笑。

"我还听说你有个绰号，叫破案英雄？"

"哎呀，都是以前的事啦。"

"大家还说你是再世济公，也是真的吗？"

"那是大家非要这么叫我。"

他见我还要接着往下问，便羞涩地冲我摆摆手说："好啦，快吃你的热汤面吧。"

我来这儿吃了好几年，发现他和别的面馆老板不太一样。

一到春节，街道四处大门紧闭，大红灯笼高高挂，鞭炮炸得震天响。可他的面馆像往常一样开着，笑迎八方客人，看我过年的时候一个人来吃面，还请我喝酒。他说，好些个外乡人过节回不了家，他能做的，就是送瓶酒了。所以，我也算是受了他恩惠的外乡人之一。

吃人的嘴短，拿人的手软，特别是"身在异乡为异客，每逢过年就犯愁"，我那清高孤傲的下巴一下就低了下来。说来也怪，我一个堂堂五尺男儿的心，就这么被一瓶并不昂贵的白酒和一个满脸皱纹的老头儿收买了。

今天，是我最后一次来他的面馆吃面。这是我在弓城的最后一个年头，我打算带着攒下的钱回老家，不准备再回来了。我过够了漂泊的生活，想回自己的家乡，过过逍遥日子。

腊月，屋外刮着呼啸凛冽的北风，大雪犹如莹白剔透的鹅毛，即便是这样，阿旺的面馆却仍然挤得水泄不通。他看我来了，见我费劲地拖着家当，便主动向我打招呼道："来了呀。"

我找了个靠窗的位置坐下，颇有默契地对他点点头。

"真打算回老家了？"

我说："外面再好，总是异乡。是该走了。"

"你这个卖冰糖葫芦的年轻人不错，挺踏实。我知道你一直想做大事，我阿旺送你一句话——做人要正直，做事要用心。"

我以为他这是拿客套话糊弄我呢，便自顾自地吸溜了一口面条，刨根究底地问他："大家都说你是百万富翁、破案英雄、再世济公，我想问，你真有这么神？我要走了，你得和我说实话——可不能吹牛蒙我。"

"蒙你？"他哈哈大笑道，"年轻人，你也太小看我了。"

突然，一阵钻心的凉风透进屋里，门被大风吹开，一时间寒气扑面。我和他同时站起身，要去关门。我比他年轻一些，走得也比他快。我把门关好，屋里的温度也渐渐回暖。

他见我比他腿脚快，就冲我憨笑："我老了，像头老牛似的，干不动了。"

"别开玩笑了，我看你挺硬朗。"

他问我："以后真的不回来了？"

我朝他笃定地点点头。

有时候我也觉得不可思议，在这个城市里，一个面馆老板知道得比我的亲戚和朋友还多。他又给我拿了一瓶酒说："过年了，这个也算在我的头上。"

"只有好酒多孤单，还得配上好故事才行。"

"好，那我就来给你讲讲我阿旺的故事。"

我抿了口酒，竖起耳朵。我想，这也许是我最后一次听这个老人唠叨了。

第一章

一

　　我叫阿旺，家在凤跃村。

　　那年，我十岁。

　　我喜欢的女孩，她叫白芸，是白老头和春红的姑娘。我和她都是凤跃村人，我俩同年同月同日生，我喜欢称呼她为"小婆娘"。

　　我之所以知道世界上还有这么肉麻的名号，完全拜我爹所赐，他就这么叫我娘。他饿了叫，渴了叫，叫完了总能得到些好处，比如一大碗加了醇香芝麻油的热汤面（比我的碗大得多，我从来就没服气过），或者一碟嘎嘣脆花生米。

　　在我那个由砖瓦搭成的破旧学校中，我的驼背老师教会了我第一首诗:"床前明月光，疑是地上霜。举头望明月，低头思故乡。"我的驼背老师人如其名，他的背脊隆重地凸起，如同沙漠里忍辱负重的骆驼，他的口头禅无趣得令我发指，总是那么一句:"同学们，知识改变命运，知识改变命运呀。"

每当他的视线停留在我的身上，对我吐出这几个响叮当的大字，我的头皮便涌上一股发麻的局促。我之所以常常惶恐不安，是因为我有一个响当当的称号——"倒数第一"。我总是费尽全力掩盖我这羡煞旁人的来头，可他那双熠熠发光的眼睛，总能戳破我不安分的企图，甚至惊扰我的睡眠。

在梦里，他扯着我的衣袖，不住地强调"知识改变命运"，惹得我小腿肚子都跟着胀疼。可我却一如既往，总拿"倒数第一"的光荣称号回报他。这让我挨上我爹一顿又一顿的鸡毛掸子，似乎永不止息。这样诡异又真实的梦，让我的生长激素被压榨得所剩无几。由于他有严重的驼背，我只好以牙还牙地送他绰号"骆驼"，以平我心头之恨(说到底，那不过是因为我的软弱和自私所导致的结果)。

虽然我常年稳坐"倒数第一"的宝座，但在我温柔的内心深处，对诗词情有独钟。那是我唯一一点可怜的关于学习的爱好，也是我多愁善感的秘密。每当我娘唱完歌谣哄我后睡去，我便独自看着明晃晃的月亮读诗，顺便想想我的小婆娘白芸。

我念"床前明月光，疑是地上霜"的时候，怀疑脚底铺着一层厚重的白霜，底下埋着皑皑白雪，蟒蛇、猎豹、黑熊挨个儿在上头摇旗呐喊，占山为王。他们互相撕咬，谁也不放过谁。我怕它们突然回头看见我了，发现我是个人类，就该合起伙来对付我了。

我念"举头望明月，低头思故乡"的时候，一看天上那轮月亮白得瘆人，被挂在一口黑锅里面动弹不得，想到嫦娥和她的小兔子常年在里面独守空闺，实在委屈了这个太阴星君，恨不能自己有一双扑腾的翅膀，立刻飞到天上看望她。我想跟她说，后羿射九个太阳，我能射十二个，正好凑个一打鸡蛋的数儿，自古美人配英雄，还是跟我划算。

我刚夸下海口，只见一朵乌云飘过，遮住了皎洁的月亮，那形状，分明是一个拿着凛凛铁刀的壮汉。我再定睛一看，那壮汉凶神恶煞地盯着我，原来是能射九个太阳的后羿来了，指着我要比试射太阳。

地上有猎豹，天上有后羿；前有埋伏，后有追兵。我吓得满头大汗，只好紧张兮兮地从床上爬起身，哆哆嗦嗦地去找我娘。我要听着她唱的歌谣，抱着她的脖颈好好睡一觉。

我娘叫秀莲。

人如其名，无论站在哪，她都像一朵秀气的莲花。

我娘祖上是从北方逃避战乱而来的，据说我的祖先是甘峡一带的人。我娘家里原本是甘峡当地数一数二的名门望族，后来由于战乱所困，便渐渐家道中落，衰败下来。我外公还会说一点甘峡话，到她这儿，已经说得很不利索了。外公还活着的时候，总会揣着一把甘醇的糖果引诱我向他拜师学艺，一有空闲，便教我说甘峡话。为了那些诱人的糖果，我倒是学了几句，但也说得不太好。

　　外公将祖传的甘峡热汤面手艺，实实在在地传给了我娘。我一直是那热汤面的忠实拥护者，那股麦香侵蚀着我天真又挑剔的味蕾，刻在我童年的记忆深河里。

　　外公走之前对我娘说，一要我好好读书，二要我把热汤面的手艺学会傍身，不知是不是因为他看出了我这调皮孩童的"顽劣因素"。他死后，我日渐长大，可我学会的甘峡话，统共也数不出来几句。

　　我娘打小在凤跃村长大，已经沾染上了这里温和恬静的气息，做事不慌不忙（除了我爹惹火她的时候）。她的好脾性总让我踏实，只要她抱着我，我就能不哭不闹地安稳睡去。而现在，猎豹、后羿都在追我，我只好两手可怜兮兮地扒拉着门框，学着我爹喊了一声："小婆娘。"

　　里头没人应我。

　　我只好保持应有的绅士风度，乖乖候在门口。可是，雪地的猎豹、天上的后羿，都在紧追着我，惹得我的心怦怦直跳，那白得瘆人的月亮，更让我心里发紧。为了能像以前搂着我娘的脖子睡觉，逃避那可怖的漫漫长夜，我的脚趾紧紧扣住地面，焦急地等我娘出来。突然，一道阴冷的月光披在我瘦弱的脊梁上，好像是后羿追来了！我禁不住喊了出来："小婆娘！"

我爹被我吵醒，像只泄了气的泥鳅，不情愿地滑下硬木板床。他赤着膀子撩开布帘，一看脚底下蜷缩成一团的我，踢了一脚说："哎？你个兔崽子怎么跑这儿来了？堂堂男子汉，连自己睡觉都不会吗？"

我对他说："我做噩梦了。后羿、猎豹都要追我，我要找我娘。"

他将我的耳朵提起，抄起一把轻飘飘的鸡毛掸子，挥舞着妖风呼呼的破毛，鞭策我的屁股。

"男子汉大丈夫，顶天立地，别成天就知道赖着女人。"

我那时候力气还小，身子直挺挺地趴着，像只肤色丑陋的牛蛙。我抓紧时机喊道："喂，小婆娘，快来救我！"

我见里面披着长发的人影惊慌地动了动，但我爹却伸出食指对她嘘声道："这没大没小的孩子，让我来好好教训教训他。"

我爹转了转脖子："什么小婆娘？那是我叫的，轮得着你？"

"我就要叫！小婆娘，小婆娘！"

我面前的怪物一刻也不停手，那个和我有着"奶水之缘"的女人碍于他的面子，也不再偏袒我。在那一刻，我阴暗的小火苗被点燃了。我暴躁地要复仇。无奈我爹是个有着黝黑面庞、两条粗壮胳臂的庄稼汉，而且他还常常在家里耀武扬威，不仅吃的面比我多，用的碗比我的大，就连使的筷子都比我的长（除了在我娘面前，偶尔也会厌得像吃素的小兔子）。

二

第二天，趁我爹去喂猪的空当，我溜到我娘身边，准备谋权篡位。我瞄准灶台上属于我爹的那只蓝纹大碗，上面正冒着腾腾热气。我学着我爹的样子，两腿一翘，吹了声响亮的口哨说："喂，小婆娘，我要吃面，给我拿来！"

我听到急匆匆的脚步声，咧嘴抬头一看，又是那把透着妖风的鸡毛掸子。不过，我摸清了我娘的品性，她不像我爹，她的心是豆腐做的，只要我比画两下，保准化成软绵绵的豆腐花。

"你这没大没小的孩子。那是你爹的面，他干活回来要吃的。"

鸡毛在空中笨拙地飞舞，我的胳膊奋力摆动，赶紧挤出一些堂而皇之的眼泪。果不其然，她看我龇牙咧嘴地乱叫，很快便慌了阵脚，说话软了下来："怎么？打着你了？"她不解地摸了摸鼻尖，"我还没下手呀。"

趁她摸不着头脑，我一骨碌翻下床，一溜烟跑了。

我想，谋权篡位不是件容易的事，想吃上我爹那份大碗的热汤面，真比登天还难。我只好等着自己长出真正的胡子（不是用毛笔画的），生出孔武有力的臂膀，再带着我自己的嫦娥浪迹天涯。

我谋权篡位的计划落空，我爹便想了另一个方法治我——带我睡觉。

在我娘带我睡觉的那段日子里，我活得堪比太子，有娘疼有娘爱，就差几个文武百官来对我卑躬屈膝。我搂着她光滑的脖颈睡觉，嗅着她身上高贵的白天鹅一般的气息，好不大胆惬意。她对我唱起歌谣时，就像细密柔软的白羽，拨弄涟漪阵阵的温婉湖水。她爱唱的都是老调子，比如凤跃村家喻户晓的那首"村歌"："咿呀呀，凤跃村，我的家。鲜花满山岗，牛羊多肥壮……"

我和我娘和乐融融的局面，被我爹这个半路杀出的程咬金狠狠地打破了。我爹自告奋勇地来哄我睡觉时，被我一口回绝了。

他见我不答应，就激我说："男子汉当然要跟爹睡，你老缠着女人干什么？"

"我不管，我要娘，我怕黑。"

"阿旺，你是男人，要学会克服心中的恐惧。"

我见他说得笃定，只好拨弄着手指问他："你会唱歌谣吗？"

他摇摇头，眉间皱得像一座隆起的山丘。

我只好嫌弃地翻了翻碎花被子说："那你会什么？讲故事总会吧？"

我爹点头说："那还不简单？给你讲讲我在村里打蛇的故事。"

我爹扬高了声音描述那条黑黄相间的大花蛇。

"那是条可怕得吓人的大花蛇，"他伸出粗糙的手在空气中费力地比画说，"比你大多了。"我咽了一口温吞的口水，脑袋马上缩进被子。

我爹见我挡住了圆滚滚的灰脑袋，又重重地比画了两下说："这可算不上什么大事儿，我拿根木棍就把它解决了。所有人都吓呆了。嘿嘿，小意思。"

"所有人是谁？全村的人吗？"

他有些局促地摆摆手说："所有人就是所有人呗，很多人。"

我爹讲完这个故事后，不知好歹地在我旁边睡得昏昏沉沉，可我却被吓得整夜合不上眼。我伸出手指头推了推我爹说："爹，你再给我讲个别的。"

我爹敷衍地对我嗯哼了两声，就没了声音。月光下，他手臂上的肌肉像葫芦般节节凸起，这让我想起蠢蠢欲动的黑黄相间的大蟒蛇，它诡计多端地向前蹿动，对着我虎视眈眈。我的身子蜷缩成一团，背脊上透出细密的汗水，又用食指戳了戳这个呼呼大睡的男人："爹，你再给我讲个别的。"

他出其不备暴躁地翻了个身，那条手臂猛地压在我的脖颈上，我一边挣脱一边尖叫："小婆娘，快来救我！快来救我！"

我身旁这个呼呼大睡的男人总算醒了过来，他黑着脸抹了抹嘴边的口水道："还让不让人睡了？成天瞎嚷嚷。"

"我娘呢？我要和她睡！"

"你是男子汉，老缠着女人干什么？"

"那你呢？你为啥老缠着她？"

我爹假模假式地比画着要打我，冲我嚷嚷道："你个龟儿子。"

我高昂着头，毫不畏惧地说："哼，如果我是龟的儿子，那你是啥？"

果不其然，我很快又迎来了妖风阵阵的鸡毛掸子。

我趴在那儿挨打的时候，一声不吭，也打消了谁会来救我的念头。我不屑地想，什么男子汉，什么栋梁，什么光宗耀祖，净是混账话。那是他要把我娘抢走，他要把我听歌谣的权利剥夺，他偏要和我结仇。我暗暗发誓，不蒸馒头也要争口气！来生我一定要做个细皮嫩肉的小姑娘，名正言顺地埋在我娘的脖颈里睡去。

和我爹睡觉的日子让我郁郁寡欢，但无奈的生活给了我一丝希望。我有了梦想——我要开上大罐水泥车。

当凤跃村盖起第一个水泥厂，山头上便常传来噼里啪啦的炸山声，让我兴奋难眠，如同悲壮破碎的锣鼓响彻云霄。每当我听到那样的声音，便会记起"骆驼"老师讲的那个盘古氏。他足足沉睡了一万八千年，醒来一闹腾，轻而易举地就成了开天辟地的英雄。他眼睛为日月，血液为江河，头发为草木；睁眼唤来白天，闭眼叫来黑夜；春夏听他调遣，秋冬听他使唤。我听了之后，对他天生自带的绝技好不艳羡。不过，要说到翻云覆雨的本事，盘古氏算得了什么？要想见见真正的开天辟地，就得到凤跃村来。

我伴着山摇地裂入眠，总有感慨悲歌之感。水泥厂的出现，给我这样"倒数第一"的青年带来了无穷无尽的希望。

我拿玉米面和菜叶子喂猪的时候，看到它们吃得不亦乐乎，我就神气地对它们说："虽然本王是倒数第一，但我的梦想很大呀。我要开上水泥厂里的大罐水泥车，我要像将军征战沙场般地在公路上自由自在地驰骋。你们好好听我的话，说不定有一天，本王也带着你们去兜风。"

我得意地盘算我的计划——我要从它们之中挑出最懂事听话的一只"神气之猪"，做我的贴身侍卫，我将带领它游遍大好河山，在那弥漫的尘土中开着水泥车耀武扬威。

但最终，我没有开上大罐水泥车，却做了个百万富翁。当然，那是后话了。

三

说起我的小婆娘白芸，我的心就像住上了一头调皮的羚羊，它的蹄子天生有劲，总能把我敏感的神经撞得鸡飞狗跳。

一到集市开市的日子，我就偷偷用我娘的雪花膏把脸摸香，拿一支我爹的烟别在耳朵上，蘸两滴香油，把头发梳得一丝不苟，再将裤脚上的灰掸得一干二净。我看着河边自己的倒影，不禁感叹道：本王果然有一副脚底生风的气质。

我飞奔到集市的时候，白芸正站在卖糖果的摊子边，顶着一颗机敏活泼的脑袋，羊角辫甩得调皮欢快，模样如春风中摇曳的雏菊。不料，最杀风景的是，黏在她身边我的"一号情敌"吴成坤。

　　一看吴成坤那小子也在，我便涌起一种非常不好的预感。我谨慎地藏起求亲的牵牛花，打算另外再选个黄道吉日。我正要转身离去，不知从哪里窜出来一只鸡，朝我咯咯乱叫，吓得我一屁股坐到地上，牵牛花散落一地，耳朵上别的香烟也被甩到一边去了。我气得对着那只鸡破口大骂道："喂，撞我干什么？你没长眼吗？"

　　卖鸡的抽水烟的老头戴深蓝色布帽，穿军绿色布鞋，他脸颊上的皱纹迂回而隐晦，如同山间的泥鳅一样滑顺，眼袋像猪笼草一样饱满厚实。他低头抱着钢质的水烟管子吞云吐雾，笑眯眯地看着我。

　　我的声音高了八度，悲愤地喊道："喂，养鸡的，你得把鸡管好！"

　　他慢条斯理地看我一眼，吐出一口水烟："连鸡都怕，能有什么出息？"

　　我一看他兜售的那只公鸡又要朝我扑来，那羽毛油亮顺滑得十分刺眼，像极了我家好生供奉的鸡毛掸子，这让我的小腿神经突然不听使唤，止不住地晃悠起来。

与此同时，我的余光瞥见白芸和吴成坤正捂着嘴咯咯笑，吴成坤故意贴着白芸粉如桃花的脸蛋子，奶声奶气地说："看看，连鸡都怕的男人，能有什么出息？"

我只好用尽全身力气将脚趾紧紧扣住地面，龇牙咧嘴地挥起拳头，冲着那只不知好歹的鸡喊道："鸡！我要和你决斗！"

卖鸡的老头看我的腿抖得像暴风雨里的小树苗，便对我嗤笑道："尿娃，腿抖什么？我这就让它回去。"

他佯装生气地瞅了它一眼，又朝天空中缓缓吐口烟，那只鸡像是悟懂了什么人生道理，声音渐渐熄了火，很快便乖乖地回到草筐里去了。

吴成坤从路边捡起一颗石子儿，冲着我发颤的小腿肚子来了一下："连鸡都怕，以后有什么出息？哈哈，哈哈……"

我怎么能说，我对鸡的恐惧，来自于我家那把妖风阵阵的鸡毛掸子？他把我说得面红耳赤，无所适从。白芸也被逗得咯咯笑了起来，阳光灌满了她浅浅的酒窝："你竟然连鸡都怕？哈哈……"

白芸和吴成坤的笑声不绝于耳，在我耳边反复回荡，我支着颤抖的小腿肚子奋力跑回家，一进门，看到我娘在煮我最爱吃的热汤面。

"去哪儿啦？一身脏的。"

我扑到她的怀里飙出耻辱的眼泪，鸣冤大喊道："丢人呀，丢人呀！"

她的衣裳被我的泪水浸湿，只好紧张兮兮地问我爹："呀，这孩子是不是傻了？"

我吃了哑巴亏，决心向我爹讨教。他哄我睡觉的时候，又在吹嘘他当年的打蛇功夫（我已经听了上百遍了）。我将一把专门留好的瓜子塞到他那粗糙的手里说："先把你打蛇的本领放一边。爹，我有事问你。"

他盯着我肿胀的眼睛问："嘿？我儿子怎么哭了？谁欺负你了？"

他掴起袖子，像是一个扛枪待命的战士，准备随时替我冲锋陷阵。我卸下心防，唾沫横飞地向他讲述我被一只鸡吓倒，以及我心爱的女孩和我的情敌是如何嘲笑我的。我靠在他手臂一条黝黑的伤疤上说："爹，我怎么才能让白芸做我媳妇儿？"

他听完后，那股舍我其谁的气魄即刻瘪了下去，居然毫无顾忌地哈哈大笑起来。他的手指弹了一下我空瘪瘪的裤裆说："嘿，等你长大了，自己就懂了。"

"爹，我要白芸做我媳妇儿。我该怎么做？我该怎么做？"

他挥了挥手说："你再不睡觉，就永远长不大了。至于白芸嘛，你也别想娶了，就打一辈子光棍儿吧。"

我的乳牙被他气得咯咯作响："凭什么我要打光棍儿？你怎么不打光棍儿？"

我爹白了我一眼说："真是猪脑子，我打光棍儿还能有你？闭嘴，睡觉。"

他的态度把我的怒火彻底点着，我忍无可忍，决心绝地反击！同时，我机敏地注意到，他的糙手已经准备就绪，向那把妖风阵阵的鸡毛掸子进发了。

我即刻知趣地钻进被窝里，打了个哈欠道："爹，我困啦。"

我免去了一顿鸡毛掸子，却对着窗外的月光一夜未眠。我的心情如同冬日的乌云一样暗沉。

第二天，趁着我娘去喂猪的空当，我蹑手蹑脚地把门关好，扭过脸来伸着脖子问我爹："为什么你老跟我作对？为什么你的碗比我的大？为什么你的筷子比我的长？"

我爹看了看关紧的门，从衣兜里摸出一支烟点上，弹了一下我的脑门儿说："因为我是你爹，你得听我的。不只是你，还有你娘。她可是很服我的。"

"她凭什么服你？"

我爹叼着烟，胡须立得像河岸边茂密高耸的芦苇，眯起眼道："你娘一向把我看成英雄。"

"英雄？那为什么你一抽烟，她就用脚踹你？"

我爹听我这么一说，手一哆嗦，烟头掉落到地上。

"你个龟儿子！"

我笑嘻嘻地冲他吐了一下舌头："我要是龟的儿子，那你是啥呀？"

我爹拿起鸡毛掸子朝我宣战，我机敏地一躲，顺手把他刚掉的烟头捡起来，边挥舞边喊道："放下！不然，我就要向你的小婆娘禀报，你干坏事儿了。"

"你……"

趁着我爹的声音逐渐微弱下去，我一边举着烟头做挡箭牌，一边小心翼翼地往外退。等我爹近不了我的身，我就疯狂地跑起来，边跑边喊："哼，别以为凤跃村就你最牛！我也有我的小婆娘！"

我对他说的那个小婆娘，正是那个目睹我被鸡吓倒的女孩——和我同年同月同日生的白芸。我俩出生的那天，凤跃村顶上的那个太阳像烤白薯一样炙热，包着头巾的女人们心烦气躁，热得倚在篱笆边吃西瓜。由于两家女人在同一天把我们生了下来，于是那些边吃西瓜边吐籽的热心肠妇女们，很自觉地就帮着我们两家人定了娃娃亲。她们小声嘀咕："瞧瞧，这俩孩子同年同月同日生……刘家和白家要成亲家了……"

现在看来，舆论早已为我奠定了坚实的地基，我也只好顺水推舟，顺便成就一桩梁山伯和祝英台的美事啦。

上次在凤跃村的集市，我本打算拿我家新鲜生长的牵牛花向她求亲，却被一只鸡坏了我的好事，至今未果。但我的实力仍然不容小觑，因为在我的梦里，我可是个真真正正的狠角色。

四

白芸的娘叫春红，和我娘是好姐妹，她们的祖上都是甘峡逃难而来的异乡人。由于我和白芸是同年同月同日生，她和我娘的肚子都鼓得很一致，所以她们还曾经是很好的"孕友"。

我占着这样得天独厚的先机，难免心中窃喜。我在春红日益衰老的面庞上，预见了白芸日后那些美丽的细琐的皱纹。我自作聪明地想，如果她能保持她母亲那样的风韵，再少点她母亲那样的矫情，就再好不过了。

如果说我娘是一朵秀气的莲花，那白芸的娘，就是一颗红艳欲滴的朝天椒。每回她到我家串门的时候，我总会殷勤地倒上茶水，拉近一下我和未来丈母娘的关系。

每回她来串门的时候，总要说说她男人的坏话。她男人就是我们常说的"白老头"，也就是白芸她爹。那两口子一闹腾，她就跑到我娘这里来翻旧账。

春红怀上白芸的时候，白老头已将肚子里的孩子取名"白勇敢"。白老头总对着她鼓得像青蛙一样的肚皮说："咱儿子要把白家发扬光大呀。"

这时候，白老头的娘便会戳着春红单薄的肚皮说："哎，太瘦不好生养，估计不是儿子。"

他们母子俩一唱一和，让春红自觉后背发凉。每当她听到那声叹气，便想到土拨鼠鬼鬼祟祟地刨地，这让她刚洗净的头皮传来一阵酥麻。

等白老头的娘走远，她便把头巾扯下扔在地上说："哼，你们白家一个个全是老封建，老迷信。"

"我们白家人又怎么招惹你了？难道你不是白家人？"

这句话让春红如鲠在喉，一下把要说的话又憋了回去。

吃过饭后，春红见白老头又在摆弄那支木制手枪，嘴里还不住叨叨："白勇敢，咱们白家就靠你啦！"

等白老头侧着身子沉沉睡去，她便蒙住被子呜呜大哭，过了一会儿便眼泪横流地睡着了。她梦到村里开天眼的那个"拐子李"，他笑眯眯地拿着一道符，一边挥舞一边对她说："想要看男女，来找拐子李……"

她被这怪异的梦吓得在半夜里满头大汗地醒来。

第二天，她拿头巾把自己的脸捂得严严实实，手里拿着草编的篮子，里面放着新下的鸡蛋，上面盖着蓝花布。她像只啄米的鸡，低着头快步往前走。等她艰难地穿过一片金黄的麦地，终于停了下来。

拐子李是我们凤跃村的一个看相人，小时候落了病，腿脚不太麻利，可大家都说他有开天眼的本事。春红找他的时候，他正站在麦地里。他见她来了，把锄头一撂，笑眯眯地打量着她说："我早算到你会来。"

"村里人都说你会算命，你给我看看，我怀的是儿子吗？"

拐子李眯起眼，打量着她的碎花布衣服："让我看看你的屁股。"

"你这浑球，耍流氓。"

"女人的屁股决定生养，你不是想知道是男是女吗？我这是在帮你呀。"

春红抖得像一株含羞草，可最终还是往后退了几步，慢吞吞地把裤子往下褪。她半提着裤子对拐子李说："你这浑球，快说，我这是儿子吗？"

拐子李的目光停在她的屁股上，过了半晌说："瞧这屁股，难呀。"

"什么意思？难呀？"

那干瘪的没什么油水的屁股令拐子李直打哈欠："啊——嗝——难呀。"

到了春红临盆那天，拐子李的预言成真了——春红生了个女娃。白老头一看是个不带把儿的孩子，便自顾自地跑到河边抽闷烟。抽完了，白老头叼起一根新鲜的狗尾巴草，在脑海里把村里的女人"放映"了一遍。她们温顺地迈着猫步朝他走来，他觉得好的就亲一下，不好的便先搁置一边。

突然，他听到有女人的声音。是有人在唱歌。

"咿呀，咿呀呀，凤跃村，我的家。谁占我的家，我就撕了他……"

那优美的女声像鸭掌划过水面般轻盈，而这首脍炙人口的凤跃村歌谣也被唱歌人改编了，看来，白老头有幸遇到了才女。他闭着眼睛听了一会儿，忍不住一边拍掌一边喝道："好，唱得好哇！"

等白老头迫不及待地睁眼一看，唱歌人正是张家的大姑娘"张大傻"——凤跃村第一大傻子。谁和她说话，她都咧着嘴笑，那笑不带有一点尴尬，好像天生便能够隔绝伤心的神经，连同世上所有的不公与悲惨，都顺着河水往异处流去。

白老头将嘴边的狗尾巴草吐掉说："嘿，张翠翠，你唱得真好听。"

她扭过头来，冲他咧开嘴笑："谁是张翠翠？"

"还能有谁？你呀，你是张翠翠。"

"不，我是张大傻。"

"我知道你是张大傻，可那不是你的名字，那是别人乱喊的。"白老头又问，"你想生儿子吗？"

"想呀，想呀。"

白老头乐开了花，他想，要是张翠翠不叫张大傻，他就一定要在她肚子上种上一颗男孩的种子，因为她的声音太好听了。她看上去比春红丰满柔软，一定是个生孩子的好手。

白老头吃晚饭时，脑海中又响起了张翠翠的歌声。而张翠翠也真从他脑海里"跳"了出来，跑到他家门口来了。

等白老头听到动静时，张翠翠的哥已经拖着张翠翠堵在白老头的家门口。他抄着木棍嚷嚷："喂，白老头，快出来！你这个龟儿子！"

白老头扶着老旧的门框，不紧不慢地走出来："什么龟儿子？请你讲点文明。"

张翠翠的哥将木棍挥舞得霍霍作响："你，你是不是逼着我妹给你生儿子！"

"我啥时候说的？"

"那傻子亲口说的，你逼着她给你生儿子！"

"我呸，什么傻子，那是你妹，她叫张翠翠。还有，你也不用你的猪脑子想想，她是傻子，我会让她给我生娃？难道我想生傻子？"

张翠翠的哥将木棍举得高过头顶："少给我废话。你要娶她，你就开个价！"

"别以为我不知道你那点赌债。你想用你妹妹的肚皮还债，还想赖在我头上，真是穷疯了。你才是正儿八经的乌龟王八蛋的儿子。"

白老头把他的木棍抢过来，举起就要揍他。突然，白老头的背后传来一阵悠扬的哭声。

那哭声清脆透亮至极，犹如天籁之音。白老头循着声音往后看，这才看到躲在他身后的张翠翠。她一手拽住她哥的衣角，一手死死护住她哥的后背，她哭得五官硬生生地挤在一起，清秀的脸一下变成了一头笨猪。

趁着白老头愣神的空当，张翠翠他哥用木棍在白老头的肩膀上留下了一片涟漪般的瘀青。张翠翠止住哭声，又大笑起来，她边笑边唱："咿呀，咿呀呀，凤跃村，我的家。谁占我的家，我就撕了他……"

白老头的余光瞟到站在门边的春红，他赶紧捋上袖子，扯高了声音喊："快滚，别逼我和你拼命。"

等他哥拉着疯言疯语的张翠翠走远，白老头松了一口气对春红说："走吧，回去吧。"

白老头终于坦白了他心中不为人知的念头，这个并不富裕的庄稼汉，想娶房小的。因为春红怀上白芸时已经三十有五，白老头觉得春红就是那种收成不好的庄稼地，这是没有办法的事。这样渐渐衰老的庄稼地，将会走向贫瘠，难以收出雄性的果实。

　　他对春红发誓说，不是因为小的好看，他只想借个年轻又活泼的清凉肚皮使一使，种个儿子的籽儿就行，绝无半点龌龊之心。

　　对于这件事，春红是这么和我娘说的——就算他的鼻梁高得像枯竭的树干，就算他眼睛大得像光亮的铜盆，就算她当年看见他，心扑扑直跳，跟健壮的田蛙一样，现在也顶不上什么用了。

　　春红编了首抑扬顿挫的歌谣，一睡醒就对着他唱："白老头，负心汉，封建思想害苦人，抛妻弃子大浑蛋……"

　　白老头听完，便不怀好意地眯起眼看着她说："你这话不对。你生的不是儿子，我咋抛妻弃子？"这话说得头头是道，逻辑性极强，噎得她一下就唱不下去了。

　　春红背过身去，身子一抖一抖地哭："我真佩服你，说得真有道理。"

　　白老头得意扬扬地对她说："佩服我，就好好学学。我白老头是什么人，不是一般人嘛。"

春红晾了他几天，灶台干净得连蚂蚁都绕道而行，这让白老头的肚子时常传来不雅的咕咕叫声，只好漫无目的地去兄弟家蹭饭。当他的弟媳对他这张嘴心生厌烦时，白老头只好做出初步妥协，答应和她再商量一番孩子的名字。

白老头说："好了，你也别和我闹别扭了，我想通了，姑娘就姑娘，都是自家的孩子。咱们给她起个名字吧？"

白老头见春红还是不吭声，就自顾自地说："你不搭理我也没关系，反正我也习惯了。我决定了，就叫白勇敢。"

"你脑子被牛踢了？谁家姑娘叫这样的名字？"

白老头把木质手枪塞到白芸的褓襁中："我看这名字不错，霸气。"

春红半晌没说话，只是呆呆地望着窗口。过了一会儿她说道："白云多好，自由自在，想飘哪里就哪里。我要叫她白云。"

她又扭头一看，身边的男人早已熟睡，传来惊天动地的阵阵鼾声。

春红从地里摘了新瓜，放满了草编的篮子，沿着小路一直往前走，停在一个破屋前。她敲敲门说："大师，我来找你算命。"

拐子李在里头应了一声说："进来吧。"

她把一篮子瓜塞到他的手里："大师，你算得真准，果然是个女儿。我想让你看看，叫白云行吗？"

拐子李眯着眼说："天上的云，漂泊的命。我劝你，在云上加个草字头，压一压她的浮命，反正读起来也一样。不过啊，"拐子李打了个哈欠说，"你再怎么改，她还是命运多舛。"

五

春红和白老头吵架的时候，总会提起那些陈芝麻烂谷子的琐事，她一边哭诉，我娘就在旁边剥玉米，安静地听着。每当春红提起白老头年轻时候的混账事，我们都难以置信，因为后来的白老头总带着她招摇过市，大抵是知道她天生有副好嗓子，村里的人都说她以后能飞出大山做明星。

春红一动气，我便忙不迭地跑着去给她端茶，顺便拍拍她的肩膀说："哎呀，别生气啦。"

过了一会儿，她转头看着外头昏黄的天光说道："我该回去做饭了，不然笨牛又该喊饿了。"

我娘冲她咯咯笑："你呀，刀子嘴豆腐心，到头来还不是惦记人家的空肚皮。"

那时候，我便天真地问我娘：“春红姨恨白叔，为什么还要给他做饭？”

我娘笑着弹了一下我的脑门儿：“这个嘛，你长大就懂啦。”

我娘从不说春红好，也不说白老头坏，只是安静地听着她的女伴周而复始地讲那些往事。我想，她果真人如其名，像足了一朵秀气的莲花。她的拘谨，连同她的温柔，都刻在了她平凡的人生里，甚至连我爹死去的那天，她也只是捂着脸呜呜咽咽地悲鸣。她把自己压在一座尘封的城墙里，谁想了解她，也只能从墙缝中略知一二。

我爹那时已经得了重病，因为我还小，他们便瞒住了我。有时我看他咳得厉害，就爬到他的大腿上问他：“你怎么啦？”

他的眼睛疲惫地闭着，强打起精神对我说：“爹要是走了，你就是家里唯一的男人了，你要好好照顾你娘。”

“爹，你要去哪里呀？”

“一个很远很远的地方。”

“那我也要去。”

“阿旺还小，不能去。”

我以为他是故意要撇下我，就噘着嘴说：“不去就不去，我不稀罕。”

那时，我爹虚弱得连举起鸡毛掸子的力气都快要消失殆尽，我记得他伸出干枯的手，摸了摸我的头说："记住爹对你说过的话，做人要正直，做事要用心。"

这句话一直刻在我的脑海中，但当我真正悟到它沉重的希冀和含义时，我爹已经走了许多年了。

那时凤跃村赶上大旱，每家每户的收成都不算太好。我爹做了一辈子的硬汉，便坚持带病上阵，整日在干燥的麦地上颤颤悠悠地刨。我爹根生在田埂边倒下的时候，正是一天中落日徐徐走远的时刻。我娘在田埂的另一头唱戏，那是《有情郎》里的一段："唤我入宫我不去，山水迢迢念爱妻，郎有情来妾有意，不学牛郎织女星……"

我爹最喜欢我娘唱这首曲子，那天，他特意要她多唱几遍。远处开来一辆水泥厂的大罐车，那轰轰隆隆的声音，掩盖了她悠扬卖力的声音，她不好意思继续唱，便羞怯地低下头去。那天的落日，把她的脸颊映得像只红彤彤的熟透的苹果。过了一会儿，她把声音调高，可她一直没有听到田埂那边的回音，也不好意思主动问他自己唱得怎么样。

她就是那么一朵秀气的莲花。

等她心有疑虑地扒开麦子，站到田埂上一看，那个健壮的男人已经像个孩子一样酣然睡去。他倒在熟悉的土地上，像个脆弱的稻草人，倒下的时候悄无声息。

我爷爷、我爹的兄弟还有我娘，再加上我，一起把他送走。我头上戴着白巾，爷爷抚着他儿子冰凉的硬邦邦的脸，沉沉地说："根生，你去吧，你的兄弟们会把你的妻小照顾好。"

那时候我还小，周围的人哭哭啼啼吵得我头疼，我被迫跪着，身子难受极了，就只能无聊地自己找点乐子。我跪着的时候，地上有两只蚂蚱在打架，你一拳我一腿，引得我心潮澎湃，热血冲上脑门儿。我心想："你们两个蠢货，都打不过我爹。"

可我正得意的时候，转念一想，我爹已经没了。

我再也无法向他讨教追姑娘的本事，再也不用听他那些没什么了不起的伟大事迹。可是，在那些苍白的夜里，我一听到我娘哽咽，便反复想起他的样子。

以前我爹在的时候，我和他拌嘴，我们总是不相上下。

我记得"骆驼"老师来我家家访时，他总"乖巧"地低着头，那脸红憋气的样子，像个做错事的孩子，仿佛"倒数第一"那光荣称号的获得者是他。我记得他拿起鸡毛掸子时，总要配上青筋暴起的额头，好像那样才能使我更加敬畏。

我记得父亲的声音到后面越来越小，有时甚至会无可奈何地望我一眼。我忧伤地想，父亲是自私的，他恐惧儿子的仇恨，又想让儿子崇拜他。父亲一身古铜色的被太阳灼伤的肌肤，却是脆弱的，甚至和我想象中的威猛相去甚远。

从前，我家拥有一片丰茂的麦地，金黄的秆子上顶着精细的麦穗。我爹卷着裤脚在里面种地，他哼歌的时候，我总是嫌他唱得没我娘好听。我家的老屋顶的瓦片上长着茂密繁盛的绿色野草，这样的土房子在凤跃村中随处可见，那些野草呈现出绿油油的光泽，似乎久盛不衰。

　　我家的赤红色木门因为年代久远，漆面斑驳不堪，上面贴着一副老旧的春联，上头写着"一年好运随春到，四季财源顺意来"。我总觉得是这副春联给了我好运，让我后来成了百万富翁。

　　我爹死后，屋顶的瓦片上仍然长着绿色野草，木门的红漆仍然斑驳不堪，不同的是，那片麦地被我娘租给了外来人。

　　在租给外来人之前，我娘已经抛去了夜里哽咽的习惯，她已如同往常一样，入睡后很快便传来微弱的鼾声。从此，我也开始刻意忘记我爹的面庞。

　　我娘抚着我的脸对我说："我们把麦地租出去吧。我老了，干不动了，不如收一些租金来得实在。"

　　那个东边来的商人操着浓重的外乡口音对我们说："这片地，我们要租十年。你很划算啦。"

　　"不，我只想租五年。"我娘转过来对我说，"等你长大了，得有碗庄稼饭吃。"

　　那商人摇了摇头说："哎呀，十年啦。"

我娘歪着头，打量了一番那片土地，最终点了点头。

我娘把地承包出去，自己成了"集市游击队"里的一员。她拥有一台破旧的三轮小车，上面摆着她做的热汤面，那是她从我外公那里学来的甘峡手艺。当我还在四仰八叉地睡觉时，她已经早起去赶集了。

她还给小孩织毛衣，在热汤面的推车旁边放一个草编的浅褐色篮筐，里面摆着她织的那些五颜六色的小孩衣服。那些衣服鲜有人问津，但摆在那儿，还是能起到一些招揽顾客的作用。她每天忙着擀面、揉面、抻面，并认真地织着那些不好卖的五颜六色的小孩衣服。我娘虽然年纪轻轻就嫁给了我爹，但她是个明事理的女人。她一边教会我甘峡热汤面的手艺，一边把赚来的辛苦钱藏在一个酒坛子里，然后笃定地对我说："以后拿来给你读书。"

我那时候就想，趁着月高风黑的夜晚，把酒坛子搬到嫦娥那里去，最好拿到月亮上存着，就再也不用读书了。我对酒坛子充满了阴影。她每次充满希望地抚摸着那个光亮的酒坛子，我就羞愧得要低下头去（"倒数第一"这个响亮的名号，我实在是难以启齿）。我怕酒坛子有一天会被打碎，我怕她眼里的那束光突然就没了。

过了几年，我娘攒下了一些钱，便想把推车卖掉，租个铺子开面馆。我爹根生在世时，有几个玩得好的兄弟，她便带上我去跟他们借钱。我记得有个人的大手摸了她的屁股，我冲上前把他咬得嗷嗷乱叫；有个人刚要把钱给我娘的时候，他的女人轻而易举便将他的手挡了回去；有一个人脸色难看得像青瓜，连连嘟囔着"收成不好"，便将门关上了。

对于这些，我娘倒是云淡风轻，她说："记得你爹说过的话吗？做人要正直，做事要用心。只要我们好好做，总会有希望的。"

后来，我娘的推车又用了三年。到冬天时，她终于将她梦寐以求的铺子租下来了。

我娘带着我从东头走到西头，最后得出一个结论："阿旺，你看，还是东边的那家椅子最便宜。我们去买下来吧？"

在太阳快下山的时刻，我娘对老板说："太阳快下山了，便宜卖给我们吧。"

老板斜眼看着我们，摸着脸上的大痣摇摇头说："我已经卖得很便宜了，办不到，办不到。"

我娘一句话不说，掉头就拉起我的手往反方向走。

不出几步，他就在我们身后急切地喊道："好吧好吧，看在你们孤儿寡母的份儿上，给你们了。"

自从我爹死后，我娘的嘴也变得很倔："不会说话就快把嘴缝上，让你挣钱还多嘴。"

我娘转过去，朝那些七零八落的椅子走去，脸上露出一种神气的笑容。她悄悄对我说："你看上头的灰尘，都多久没人看过了。我就知道他肯定得卖。"

听了她这话，我不由得仔细打量起她来。

那时候我娘已经不盘头发，她剪了齐耳短发。我第一次发现我娘这个大字不识的女人，竟然拥有极高的商业天赋。我那秀气如莲花一样的娘，成了凤跃村数一数二的女人——她是个开面馆的顶了整片天的寡妇。

我爹死后，我就成了家里唯一的男人。我娘开了面铺，我便承担起了拉面粉的任务。我一早就要去把面粉拉回来，然后我娘便替我将身上的面粉掸干净。我干活的时候粗手粗脚，免不了把衣服扯坏，我娘看到后也不责怪我，只是给我仔细缝好，将修补的一面藏在内里。她对我说："穷也要有志气，衣服再破旧，也要穿得体面。"

我在我娘简陋的面铺里拥有自己的一席之地，我的一张小木桌摆在一个不起眼的角落里，上面放满了那些我厌恶的写不完的功课。

我娘往往把我往凳子上一塞就把我晾在一边了。她对我说："快把功课写好，我去忙了。"

她见我捣蒜似的点头，就起身忙着招呼客人去了。我把作业挪到一边，小心翼翼地环顾四周。我喜欢看那些喝得酩酊大醉的食客们发酒疯，他们就像好战的公鸡，让我不禁托着下巴看得入迷。

趁他们红着脸争辩推搡，我便若无其事地晃过去，把空酒瓶子一带，钻到桌子底下。瓶子倒过来后，几滴剩酒流入我那张小馋嘴，我如获至宝地咂摸，成了偷天换日的醉翁。

老话说，"醉翁之意不在酒"。的确，那滋味是种我读不懂的苦，也正是这样，我更为之神魂颠倒。在人生还不算艰难的年纪，我就知道了酒的好处，那些借酒浇愁的客官们成了我雄性的榜样，从他们身上，我学了一手醉生梦死的花花本领。我的乳牙陪我体验了酒精掠过牙床的快感，是的，我成了个缺牙的嗜酒之徒。

铺子开张之后，春红经常来我们这里吃面，我娘不收她的钱，可她偏要给。我娘就说："不用啦，真的不用啦。让你女儿和我儿子定个娃娃亲吧。"

我不知道我娘是从哪里听来的风声，后来想想，估计是我爹活着的时候，把我对白芸的小心思透露给她了。

我赶紧连蹦带跳地给春红倒上一杯热茶，以显示我的"忠心"。等我主动给春红端过去时，却看见我娘抱起手臂眼巴巴地说："这孩子倒挺会来事儿。也不知道给我倒一杯。"

春红接过我的茶杯，嘴角微微上扬，然后象征性地点了点头。我的心像有一万匹野马在草原上奔腾，狂喜之情，难以自拔。

等春红回去给白老头做饭后，我娘就托着下巴一本正经地问我："儿子，我问你，我和白芸掉水里，你先救哪个呀？"

我转了转眼珠说："你们两个都救。"

"非要选一个呢？"

"哎呀，娘，我听不清你说话啦……"

六

白芸日渐长大，脸上刻满了白老头的风范。比如，她的鼻梁高得像枯竭的树干，她的眼睛大得像光亮的铜盆。远不止这些，还有个锦上添花的好处，她唱起歌来，就像上了发条的百灵鸟一样嘹亮，每当她在村头的古树下开嗓，都让我的心肝脾肺肾震颤不已，如同沐浴了春天最撩骚的日光。

白老头发现她有这个长脸的本事，很快便对她刮目相看了。他越发地爱带她出去招摇过市，对于男娃娃这件事，他也终于将其抛之脑后了。只要能让他这张渐生皱纹的老脸熠熠发光，其实嘛，也都无所谓。

春红看她很有天赋，就把一些好听的歌谣教给她，其中包括她才华横溢亲自执笔的歌谣："白老头，负心汉，封建思想害苦人，抛妻弃子大浑蛋……"

白芸的嗓子天赋异禀，声音如鸡鸣般洪亮，震得白老头脑仁疼。

"闭嘴，以后不许唱这首曲子。"

白芸眨巴着大眼睛，可怜兮兮地问："爹，我唱得不好听吗？"

白老头正要张嘴一顿呵斥，弯腰一看，她水汪汪的大眼睛忽闪忽闪，正含着点点泪花。白老头蹲下身咧开嘴，露出被烟熏得发黄的牙齿说："不不不，你唱得好听。爹给你买新衣裳，以后不唱这首歌了，好吗？"

白老头去成裁缝那里讨好地给她做了条新裙子，才哄着她把这首歌谣从脑海里洗刷干净。春红瞧着白老头鞍前马后的模样，终于得以扬眉吐气地放声大笑。她对白老头说："你这不可一世的浑球，也有今天。我生个女儿来治你，我值啦。"

春红认定自己生了一只金凤凰，日后定能飞出大山，飞入千家万户，做个红得发紫的明星（听说那是她年轻时候的梦想）。为了这只金凤凰能飞出大山，春红把村头的百年古树牢牢霸占，这里是白芸的专属训练基地，四面空旷安静，完全配得上白芸的好嗓子。

每当我偷工减料地打扫完我娘的面馆，顾不上收拾好那些胡乱散落的空酒瓶，便忙不迭地飞奔到那棵古树边，心甘情愿地做她的"护花使者"。百年古树粗枝大叶、枝节横生，为此，我练就了一身爬树的好本领。有时躲在树上，有时歇在树干，可我为了欣赏白芸开嗓的模样，总能找到最佳风水宝地。

我的脑袋使劲往前伸，只见白芸穿着他爹在成裁缝那里做的新裙子，扬着下巴站在枯燥的棕褐色树干边，翘着兰花指，嘹亮地唱道："咿呀呀，凤跃村，我的家。鲜花满山岗，牛羊多肥壮……"

她的歌喉，如同源源不断的甘泉，滋补着我彷徨躁动的心。

可是，我的处境却不容乐观——我在集市上被一只鸡打败的窘态，被我的一号情敌吴成坤歪打正着地撞见；如今，我的二号情敌成豆豆又来干扰我的风水宝地。成豆豆（成裁缝的儿子）常常和我争抢树干的位置，用他发育不良的尖笋脑袋顶我，仗着他爹在世，对我耀武扬威，企图占领我的地盘。

我不得已将肉拳头举起来，对成豆豆说："喂喂喂，让开让开。"

成豆豆抬头瞟了我一眼说："我不，不，不……"

我把手指关节弄得咯吱作响："你再不让开，可别怪我不客气。"

"别以为我怕你。"他狡黠地看我一眼，然后唱起一首歌谣——"月亮光光照喜房，新郎新娘吃喜糖……"

我一语道破天机："你这猪猡嗓子，还想让白芸多看你两眼？"

他被我一说反倒更来劲，也不顾调子跑飞了，放声大唱："月亮光光照喜房，新郎新娘吃喜糖……"

我弹了一下他的尖笋脑袋喊道："滚！速速撤离本王的领地！"

谁知他听完我的话，反而倔强地踮起了脚，几乎和我平齐，对我的脑门子弹了一下："我——不——滚！"

平日胆小如鼠的成豆豆，竟然变得如此狂妄嚣张。我往他身后一看，原来他爹成裁缝就站在远处抽烟，目光不时地往他身上瞟。

我最恨那些仗着有爹就冲我狐假虎威的孩子，于是我便喊："别以为有你爹撑腰，你就能骑到我的头上来！"我灵机一动，指着树干上密密麻麻的青苔喊道，"啊，有老鼠！"

成豆豆一屁股栽到土里，两腿胡乱打着哆嗦，开裆裤即刻湿了一片。他哇哇大哭地跑远，很快便消失在我的视线之中。

春红一看是秀莲家的儿子，赶紧从地上捡了根树枝跑过来："老鼠呢？老鼠呢？"

我叉着腰得意扬扬地说："跑了，被我赶跑的。"

春红一看我这副彪悍模样，母性激素顿时泛滥得春风化雨，她蹲下身摸出兜里的奶糖给我说："呀，真是个勇敢的小男孩。"

我一把抢过糖果，余光瞟到她的兜还鼓着，顿时抛弃"英雄战术"，连忙奶糊糊地叫唤："谢谢漂亮姨。"

我伸上肉嘟嘟的胳膊，环住她的脖子。果不其然，春红一听这几个字，笑得鱼尾纹都咧飞了，立马又掏出五六块奶糖给我奉上。

白老头背着手走到我面前，就像只机警的老鹰。春红指着我，对白老头说："看，秀莲家的男孩，越长越俊。"

"知道，和我家白芸同一个日子生的。"

我不知道哪来的勇气，指着白芸便对着他四仰朝天的鼻孔说道："我要娶她。"

"你说什么？"

我把奶糖递给白老头道："我要娶她。"

白老头抢过我手中的糖果，狠狠剥开，咣当一声，投到自己满是烂牙的嘴里："这话说得可太早了。来来来，白叔给你讲讲大黑狗的故事。"

我顿时感受到敌我双方的严峻气氛，便踉踉跄跄地往后退了两步。

白老头说："从前，地里有一群羊，来了一只大黑狗，鸡就被吃了……"

我歪着头眨巴眼睛说:"你是想说羊被吃了吗?你说错了吗?"

白老头黑着脸说:"这个嘛……有鸡也有羊。反正,大黑狗把它们都吃了。你要不听话,大黑狗就来吃你。"

他紧紧盯着我,目露老虎吃人的凶光,我知道,他这是生生地等着我认怂。说时迟,那时快,我冲着春红"哇"地一张嘴,哭得我未来五十岁的皱纹都快长齐了。

春红打掉白老头那双长满老茧的手,撇嘴埋怨道:"老东西,别吓着孩子。"

她把我抱起来搂在怀里,白老头一下就被赶到了封地之外,恨得牙痒痒,却不能近我的身。他默默跟在我后头,看我春风得意地对他做鬼脸。

白老头在一旁上蹿下跳:"你给我下来,你是学变脸的?"

有了春红傍身,我便嘴一撇道:"漂亮姨,我怕怕。"

春红拍着我的脊背,轻声细语道:"可怜的娃,漂亮姨带你回家家……"

几个回合下来,敌我双方的局势明显,我迎头直上,白老头已经心力交瘁,防线完全崩溃。

自从白老头不再给我念"大黑狗"的故事,我走起路来就昂首挺胸,步子也越来越轻快。我越发觉得,白芸是跑不了的，因为那是命里定的。我开始明目张胆地到百年古树下听白芸唱歌，没有成豆豆的打扰，她的声音格外悠扬："咿呀呀，凤跃村，我的家。鲜花满山岗，牛羊多肥壮……"

每当我听到这首歌，就会很欣慰地想，我的小婆娘唱歌好听，我的娃也将拥有充分多元的艺术细胞，反正肯定比我这个当爹的强。

甩开了一号情敌吴成坤和二号情敌成豆豆后，我终于可以洗刷我在集市上的耻辱，重新向她求亲。我选了个浪漫动人的好地点——金黄的麦地。那里充满着闪闪发光的麦子，正如我想许给她的丰硕的未来。

我去的时候，准备了一把最新鲜的牵牛花，我漫不经心地走过去，见她正在跳皮筋，往前迈了几步又倒回来说："好巧呀。"

"是你呀。"

我怕被鸡打败的形象没洗刷干净，便赶紧理了理头发。我把她拽到一边，把手背在身后。"给你的，花，"我鼓起勇气说，"在这凤跃村里，咱俩同年同月同日生，你以后是我媳妇儿，那是命里定的。"

白芸瞧了瞧我脸上挂着的鼻涕说："你要娶我，你得有钱。你有钱吗？而且，"她摆弄着花瓣说，"我爹说了，我以后要做明星，我要嫁个有钱人。"

我又把手背起来，讨好地猛点头："你唱歌是好听，我承认。那你说说，什么才叫有钱人？"

白芸扯着辫子嘻嘻地笑："你知道水泥厂的厂长吗？他是咱们村的第一个百万富翁呀。他就是有钱人。"

我吸吸鼻涕，拍着自己的胸脯说："他算什么呀？我也能成为百万富翁。"

我以为我只是凭着一时快感而信口雌黄，可没想到，从这时候起，我和"百万富翁"四个字便结下了深深的孽缘。

七

当我长到十八岁时，开上大罐水泥车的想法也跟着越来越强烈。它成天从村里的山路呼啸而过，威风神气极了，我心里认定，凤跃村里最价值连城的玩意儿就是它了。

我想，我要是混进了凤跃村的水泥厂，开上大罐水泥车，我也就离成为百万富翁不远了。于是，我托人打听水泥厂的差事，得出的结论是，水泥厂已经满员了，不再招人。我想来想去，只好委屈自己，用一用"苦肉计"。

我年轻的时候，身子骨绝佳，为了拿出"天将降大任于是人也"的气度，我在水泥厂的门口静坐三日，三天三夜滴水未进，绝食以表达我的决心。我娘非但不支持我，还在这期间跑来给我捣乱，逼着我吃下一碗她做的甘峡热汤面。

她哭着把碗硬塞到我手中说："儿啊，吃一些吧，可别把身子饿坏了。"

而我大手一挥，便轻而易举地将碗打翻了。我傲气冲天地对她吼道："去去去，别挡了我的前程。"

我绝食静坐在水泥厂门口的举动，令我一举成为凤跃村小有名气的人物，连我的驼背老师也跑来劝阻我，又对我说起他那句百无聊赖的口头禅："阿旺，知识改变命运，知识改变命运呀。"

"别老来这套。我自己的命运，你管得着吗？"

"老话说：'少壮不努力，老大徒伤悲。'走吧，阿旺，跟我回去读书吧。"

我厌烦地对他挥挥手道："老话还说：'道不同不相为谋'，你呀，就别为我这个'倒数第一'操心啦。"

最后，那个成了百万富翁的厂长出来，俯着身子对饥肠辘辘的我说："年轻人，你先把书读好，再说别的。"

我笃定地摇摇头："书我是不愿意读了，我想成为和你一样的百万富翁。"我扬高了声调，给他作揖道，"让我开大罐水泥车吧！"

"既然你不愿意读书，就去闯荡闯荡吧，说不定，你也能成为百万富翁。"

厂长说完后，他的背影在我的瞳仁里变得越来越模糊。我本能的饥饿感如排山倒海般涌来。等我最后望了一眼地上被打翻的热汤面，眼一黑便晕了过去。

我不但没开上大罐水泥车，还在光天化日之下晕倒在漫天尘土中，这让我成为凤跃村一时的笑柄，简直让我生不如死。我回学校的时候，整个人灰头土脸，每当我在公路边眺望着远处的水泥厂，便实实在在地体会到"出师未捷身先死，长使英雄泪满襟"的惆怅。既然我进不了水泥厂，不能做工，就只能百无聊赖地继续待在学校。

这还不算最糟的事。

我的座位被一号情敌和二号情敌包围了。吴成坤、成豆豆和我坐在最后一排，我们三个劣等学生，成了"骆驼"老师视线的死角。我们坐在最后一排的三个人，一同光荣占据了"倒数第一"的称号。而我的白芸，离我越来越远，远得快要和我相隔天涯。

我的一号情敌吴成坤，没爹没娘，吃百家饭长大，和我常年并列倒数第一。他战斗力颇高，总带领一帮低年级同学围堵另一帮更低年级的同学。美中不足的是，他唯一的亲人——他的弟弟吴金宝，哭起来跟个破锣似的响亮，肺活量大得像头得了金牌的好驴，总弄得自诩为大哥的吴成坤脸上无光。

我的二号情敌成豆豆，成裁缝的儿子，一个说话不利索的结巴。他一念课文，就像蚂蚱跳芭蕾。由他念下来一篇课文，蚂蚱的小腿就会抽筋，要是都听完，就会蹉跎了蚂蚱的一生。他长到这么大还没戒了糖和小人卡片，等其他男孩都在讨论女孩的头发或者一些不可告人的隆起的部位时，他还在炫耀他的小人卡片和一摞又一摞厚厚的糖纸。他的这些做法，我早就看不惯了，一看就是迂腐又落后的一代。

成豆豆的爹是成裁缝，他负责给村里的女人们做衣服。村里的女人们就像蜜蜂找蜜一样巴结着成裁缝，她们隔三岔五地问：

"成裁缝，吴家的女人今儿穿的蓝花裙子不错，你知道那种布在哪里买吗？"

"成裁缝，你看这种布好看，还是陈家女人那种好看？"

成裁缝逐字逐句回答的时候，像脑门儿上长了上弦月的包公，看上去铁面无私。不过，成裁缝说起女人的衣服，就像主妇的菜板般平平无奇，可只要她们提两句家常，比如说到他那个口吃儿子，他就会泛起一种如同涟漪般的慈爱微笑。

再怎么愚钝的女人，对这事儿都傻不了。想要穿上比别的女人好看的衣服，就要全力拿下他的结巴儿子。渐渐，成豆豆在成裁缝的庇护下简直富得流油，他左手拿着奶糖，右手护着小人卡片，成了我们的眼中钉。他那张贪婪的嘴，不时地招来我们这些"英雄好汉"的唾弃。我们咽着口水，捂着肚子，纷纷表示对那种"小孩才吃的奶糖"没兴趣。我们团结一致起来，而"成结巴"这几个字，很快就成了"英雄好汉"中的一种通用语言。

他爹成裁缝无论风雨，都来校门边上等着他放学。我们这些男孩，一走出那破旧的砖瓦房，便拉帮结派地混在一起。学习好的和学习好的在一起，爱打架闹事的就和爱打架闹事的在一起，爱打小报告的就跟在这些人的后面，耳朵像两根天线似的竖起来，注意着全体人马的风吹草动。只有成豆豆，老跟在成裁缝屁股后头，就像个甩不掉的小蝌蚪。

吴成坤对成豆豆分外厌恶。他曾率领几个强壮的小孩围堵尖笋脑袋的成豆豆，没想到，成豆豆总能走上大运，不是碰到"骆驼"护身，就是碰到成裁缝来接他下学。成豆豆一看吴成坤要围他，便抖着如丹顶鹤一样的细腿，一溜烟就扑到了他爹怀里。

吴成坤一见这个阵仗，便拱手说道："成裁缝，你好呀，又来接你的儿子啦？等我们鹰头帮有了钱，一定找你做新衣裳。"吴成坤一说完，便带着他的小毛孩子们退下，一溜烟就跑得没了人影。

以上种种现实情况，都让人难以相信，成豆豆日后真能做上弓城的巡警。可后来，成豆豆的确成了我们班上唯一的一个警察。

我的左边是吴成坤，右边是成豆豆，一个流氓，一个结巴，都不是好惹的主儿。都说"近朱者赤，近墨者黑"，我被夹在一个流氓和一个软货中间，自然也不会太好过。所幸，我扭头就能看到外面的树枝，上面站着一个个知了，它们是我的心灵寄托，它们的叫声总能让我精神抖擞。

再来说说我那个驼背的好脾气老师。等我的下巴长出了稀疏的胡楂，他的头上长出了一批雪花般的白发，他的那件深褐色的破旧西装还出现在讲台上，一成不变。那件西装从我认识他起就有，一点不新鲜。他的口头禅仍然无趣得让我发指——"同学们，知识改变命运，知识改变命运呀。"

反正，我是提不起兴趣看他。他一点也不高大，走路还驼背。我不由想，我爹活着的时候，可比他神气多了。尽管如此，可他站在那儿，吸引了所有人的目光，包括白芸。这让我更加不服气了。

"骆驼"给我们布置了"写作文"的任务，题目为"我的梦想"。成豆豆一听，立马自作聪明地将手举得老高，昂着头得意扬扬地说："我的梦……梦……梦想是当一名警……警……警察。"

同学们起哄道：

"成结巴要做警察啦，成结巴要抓坏人啦！"

"成结巴，回家吃奶糖吧，嘿嘿！"

成豆豆在哄堂大笑中"啊呜"一声伏在木桌上，肩膀一抖一抖地哭了起来。我赶紧把我的梦想"我要成为百万富翁"用橡皮擦去，总算躲过了一劫。大家要是听到我这个"倒数第一"还有这样伟大的梦想，估计我也不会有好日子过。

"安静，安静！同学们，选班长的日子要到了。那些优秀的同学，记得好好准备一下。"

我把手藏在桌子底下，想象自己拿着一把弹弓，对着讲台放出嗖嗖乱窜的珠子。我比画了两下，"骆驼"仍然没有倒下，仍然吐沫飞溅地讲着选班长的事。

我转过头去看树上的知了，只有和它们在一起，我才愿意说几句心里话，顺便展现一下我桀骜不驯的性格。

我对那些知了说："既然我开不上大罐水泥车，只好干点别的了。我得好好杀杀'骆驼'的风头，下个班长肯定是我。"

八

选班长的时候，"骆驼"问我们："你们说说，谁来当这个班长？"

我和那些知了早就达成了赌约，我的领导欲望也开始滋滋地萌芽，于是，我迫不及待地把手举得老高。"骆驼"的目光短暂地停了几秒在我身上，却很快就移开了。

我呼地一下站起身说："喂，'骆驼'，你没看到我举手吗？本王要做班长。"

我说完后，坐在旁边的吴成坤一下就来了火气，他从兜里掏出随身配备的弹弓，弹我的脑袋。

"我和你都是倒数第一，你居然敢选班长？看我不弹你。"

"滚。小鸟焉知大鸟之志哉？"

"骆驼"眯起眼看着我问："你说啥？"

我深深地鞠了个躬，又抬手敬了个礼说："我要做班长。"

"我说的不是这个。你叫我什么？"

我用余光注意到白芸正惊恐地看着我，于是我越发得意地昂着头说："骆——驼——"

我注意到，白芸的眼珠子又睁大了。我把头又抬高了一截，逐字说道："骆——驼——"

没有人想过要去描述空气，就像没有人想过要去描述这个驼背的老师。"骆驼"把书放下，斩钉截铁地对我说："这位同学，你当不了班长。因为你得先学会尊师重道。"

他把书又拿了起来，目光很快就移开了。我注意到，白芸正张着嘴，惊讶又目不转睛地盯着我。我觉得那样子好看极了，像一颗水汪汪的草莓。

下课后，吴成坤叼着根狗尾巴草说："嘿，你可真爱出风头，不愧是倒数第一呀。"

"你也别谦虚，你不也是倒数第一吗？咱俩可是平等的。"

吴成坤把狗尾巴草吐了说："倒数第一也是第一嘛，第一就是第一。"

我嫌弃地瞟了他一眼，摇了摇头。我觉得吴成坤是个正儿八经的二赖子，还是个没爹没娘、吃百家饭长大的败类。总之，和我不是一种人。我把画满了小人的课本收起来，不再理他。

吴成坤搓搓手，恬不知耻地对我说："加入我们鹰头帮吧，我认你做小弟。"

我斜眼看他说："什么鹰头帮，不就一群低年级的野孩子嘛。"

"我这不是在发展壮大队伍嘛。你要是愿意做我的小弟，过两年，我也让你当大哥。"

"咱们都是倒数第一，凭什么你当大哥我当小弟。"

"喂，吴金宝已经加入了，我的帮派可是很有实力的。"

我哭笑不得地说："吴金宝是你亲弟，你们是一家的。你本来就是他大哥呀。"

吴成坤直冲我拍胸脯："你放心，我绝不会偏袒他。你们都是我的手下，我肯定一视同仁。"

这时，我的余光瞟到白芸一甩一甩的羊角辫，我赶紧挣开吴成坤道："本王还有正事要干，你哪儿凉快哪儿待着去。"

我宽厚的胸膛横在白芸面前，把她堵在一个斑驳的墙角里对她说："跟我好吧。"

她装作没听到，羊角辫和一些碎发也跟着晃。我威胁她说："你不跟我好，你会后悔的。"

她斜着看了我一眼说："就凭你也敢选班长？"

"班长算什么，我还是鹰头帮的大哥。"

吴成坤听了这话十分不满，一个劲儿在旁边喊："喂喂喂，现在就要篡位？太早了吧，"吴成坤敲了敲他弟弟吴金宝的脑袋说，"快，叫我什么？"

吴金宝点头哈腰地叫得欢快："哥，哥。"

吴成坤得意扬扬地冲我和白芸说："听到没有？我才是大哥。"

趁这个工夫，白芸像个泥鳅似的往外一滑，就跑到一边去了。她也跟着嘟囔了一句："臭流氓。"她又冲我吐了一下舌头，"噌"地一下，从我胳肢窝底下溜跑了。我看着那晃动的羊角辫，却一点也不觉得沮丧，反而兴奋得像八九点钟初升的太阳。我知道女人都是口是心非的。春红姨急了就伸脚踹白老头，可他有次摔伤了腿，她哭得就像暴雨中的罂粟花，差点扶不住墙。所以，我听了那句"臭流氓"之后就更高兴了，我越发觉得，我和白芸是命里定的。

白芸跑远后，吴成坤嬉笑道："哎哟，你的心上人又跑啦。"

"臭流氓，用不着你管。"

"你是我小弟，我怎么能不管你。"吴成坤吹了声嘹亮的口哨，勾着我的肩膀说，"怎么样，跟大哥去弓城混吧。"

"弓城？你是说，省会？"

吴成坤得意扬扬地冲我点头："我大伯吴贵，知道吗，在弓城开了面馆，挣大钱了。你要认我做大哥，我就带你去享福。"

我摆摆手："我娘肯定不答应，我看我还是留在凤跃村吧。"

"你管你娘呢，好男儿志在四方。"

我瞟他一眼："我又不像你，没爹没娘的。"

吴成坤哈哈大笑道："你比我强到哪儿去？你娘不就是个寡妇嘛。还是我好，没爹没娘，做个自在郎。"他又把嘴贴到我耳朵跟前说，"我可告诉你，白芸也要去弓城，你自己看着办吧。"

都说打蛇打七寸，我不得不承认，吴成坤打着了我的"七寸"。我抓住吴成坤的衣领问："白芸要去弓城？你从哪里听来的？"

吴成坤敲了一下我的脑门儿："白芸是咱们村的百灵鸟（白

芸唱歌很好听，这是村里公认的），人家当然是做明星的命呀。"

说完，他们两兄弟就狼狈为奸、大摇大摆地走了。而我，则马不停蹄地向白芸家跑去。

九

阴暗的天空正下着淅淅沥沥的小雨，雨下得越着急，我就越来劲，总觉得老天爷都在为我揪心，尽管我知道老天爷日理万机，大抵是没空理我的。

我迈过玉米地的田埂，飞蹿到她家门口，拼命拍门："开门，开门！"

过了一会儿，屋里传来一个清脆响亮的女声："阿旺？你到我家来干什么？"

"小婆娘，你不许去弓城，你得留下。"

白芸不肯开门，只隔着门对我说："我肯定要去。我要当明星，你不要拖我后腿。"

"你要去，我就一头撞死！"

白芸吓得嘤嘤地哭了起来："呜呜，你……你走吧！"

"好，那我一头撞死给你看！"

我激动地跺脚，脚下的石头一滑，我的脑门儿冲到门上去了，"咣当"一声，冬枣似的大包马上耸然而立。

　　"老天爷，我那是开玩笑的，我可不想死！太疼啦，太疼啦！"

　　我一边大叫，一边往后撤退。

　　那天，我第一次无法分清，是天上下雨还是我眼中流泪。

　　白芸和吴成坤相继辍学后，惹得我也无心学习。快到年关，来上学的人越来越少，我昔日的同学们大都四散各地，去城里找活儿干了。有的去了城北，有的去了省会。

　　为此，"骆驼"去见了他们的父母，希望几个成绩突出的同学能坚持参加一下考试，但得到的答复大多是"想一想"，接着就杳无音讯了。

　　我左边吴成坤的座位空了许久，"骆驼"找不到他的父母，只好硬着头皮上门找他。"骆驼"还是以前的老话，没什么新鲜玩意儿："吴成坤，你再好好想想。知识改变命运，知识改变命运呀。"

　　吴成坤假模假式地给"骆驼"倒了一杯白水，嬉皮笑脸地说："哎，你就别劝我啦。我无爹无娘，做个自在郎。你要是真想帮我，就让我弟弟吴金宝把书读好，这是我最大的心愿了。有朝一日我发迹了，肯定好好孝敬您。"

　　那时的我和吴成坤没什么两样，我的心早就飞出了凤跃村。我做卷子的时候，便看着远处的麦地走神，想着我成为百万富翁的美日子。

我做卷子的时候，"骆驼"和我一样，也望着远处的麦地发呆，他的鬓角不知从什么时候起冒出了许多白发，背比以前更驼更臃肿，但只要他站在讲台上，就总是比我高一截，自然也看不出他的矮小了。

他转过头来，见我还傻愣愣地发呆，便拍了一下我的桌子道："走什么神，还不好好看书？"

我吐了吐舌头说："看书有什么用？"

他的瞳仁里涌出一股莫名其妙的忧伤，他一字一句地重复着那句老话："知识改变命运，知识改变命运，知识改变命运。"

我忘记我是如何回答他的了。我只记得，听完"骆驼"对我的最后一句谆谆教诲，我便意气风发地辍了学，开始谋划如何闯荡江湖的事了。"骆驼"那张忧伤的脸，很快就被我抛诸脑后了。

我去找吴成坤会合的时候，他正交代吴金宝他走后的事。

"哥要去弓城了，你自己照顾好自己。老话说，知识改变命运，你得好好读书。每个月我会给你寄钱，省着花，别都造了。"

吴成坤见我来找他，就把吴金宝支到一边去，笑嘻嘻地问我："怎么，想通了，要加入鹰头帮啦？"

我说："咱们都是倒数第一，不分高低，我可从来没认过你是大哥。"

吴成坤朝我撇撇嘴说："你这人真不识趣，太没有情调了。"他把手搭在我的肩膀上，可怜兮兮地说，"喂，叫我一声大哥吧。"

"你真要去弓城？"

吴成坤得意地点点头："对，我去投靠我大伯吴贵。他开了个面馆，正缺人手。"

我故意扬起脑袋说："那可是我们家最拿手的呀。我们家的祖传甘峡热汤面，你是知道的。要是缺人手的话，带上我如何？"

吴成坤打量我一番："你倒是合适，我大伯那里缺个帮厨的。"

"工钱怎么算？"

"第一个月管吃管住，没有工钱，第二个月开始领工钱。"

我一听管吃管住，心猿意马起来，但我得在吴成坤面前拿点腔调："不错，容我考虑考虑。"

我回家的时候，我娘正趴在桌上，专心致志地数着酒坛子里的钱。她看我满面红光的样子，便笑着问我："什么事情这么高兴？"

我禀报道："我要去弓城赚大钱啦，我要做百万富翁。"

我娘把酒坛子放好，把我的话当成了耳旁风："弓城？哎呀，你要敢去，母猪都会上树了。"

"我可没开玩笑。我要去赚大钱，到时候给你盖新房呀。"

我娘扑哧一声笑了，指着那酒坛子说："娘给你攒钱，你就给我老老实实把书读好。"

我摇摇头说："我不读了。吴成坤也去，白芸也去，我也得去。"

我娘听到这儿不高兴了，抄起鸡毛掸子追着我说："谁愿意去谁去，我儿不去……"

她没想到，我的力气比以前大多了。我一反手，就轻而易举地把鸡毛掸子抓住了。

我娘使出浑身的劲儿和我对着干，可她挣扎了两下，鸡毛掸子就断成了两半。我娘看着地下的鸡毛掸子说："你给我滚。"

我看见我娘蹲下身去捡那把鸡毛掸子，而且还有一颗晶莹剔透的泪珠掉落在了地上，就像断了线的珍珠。她蹲下身的时候，我看到她头发里有一些和"骆驼"相似的白发，像冬日里细密绵柔的雪花。

那个时刻，我格外地羡慕吴成坤。吴成坤要去弓城简直易如反掌，正如他自己所说，没爹没娘，做个自在郎。可我还有个娘，还是个爱哭的娘。

我开口道："漂亮娘，你别哭，我去是为了挣大钱，我要当百万富翁呀。"我看了看我家漏雨的屋子，又补了一句，"以后给你盖新房呀。"

等我向她许完不着边际的承诺，我便想了个好办法——逃窜。是的，我要明目张胆地逃窜。

我这个倒数第一，身上没有几个铜板。还好我临危不乱，凭借多年潜伏在我娘身边的经验，我打起了我娘那个酒坛子的主意。

在一个月黑风高的夜晚，我偷偷溜下床，从那个不起眼的酒坛子里掏出一个绣花布包。我割开缝得厚实无比的布包，里面露出诱人的厚实的票子。我的汗水不听话地从额头上沁出，我安慰自己说："这是我娘给我读书用的，迟早都是我的，我拿走并没有什么不妥呀。"

我再想，我娘是开面馆的，是个头顶半边天的寡妇，总有她的办法。她毕竟是大人，总比我有本事嘛。

可是，我快要迈出家门的时候，却听到我娘喊道："阿旺，你给我回来！"

十

我一下被这叫声吓得两腿发抖。可奇怪的是,我定格了半天,整个屋子却丝毫没有传来脚步声。我顺着门缝一看,我娘仍在熟睡。她翻了个身。原来她在梦里喊我的名字呢。我得意扬扬地想,果然本王吉人自有天相,她还被蒙在鼓里哪。

趁我娘熟睡的时候,我留了个字条,上面写着:"我去弓城闯荡了,我要做百万富翁。"

虽然我口气狂妄,可却没敢当面和她打一声招呼。我怕她醒了,那些断了线的泪珠子会拖我的后腿,害得我走不成了。

最后,我、吴成坤和白芸终于踏上了开往弓城的火车。它嘎吱嘎吱地晃悠,像一个安稳的老旧的摇篮,我在这摇篮里畅想着我成为百万富翁的模样。

比如,我的书房里要放上清朝紫檀木的椅子,唐朝花瓶摆在我的手边,我随手往里面插一些我家花园里的新鲜月季。我的四书五经虽然落满灰尘,却能充充门面。当然,我担心的事情也不少,比如,我的儿孙们不够孝顺,由我孤零零地坐在我家的人造假山上发呆。我的记忆力减退,把唐朝的花瓶说成清朝来的玩物,生生地被人砍了一半价钱。

没等我理清我的烦恼和忧愁,车到站了。

我们三个从凤跃村来的青年,终于到了弓城。

第二章

一

一个年轻女人正热情地冲我们招手："你们总算到了！"

我扫了一眼她的面庞——她的脸圆得像十五的月亮，皮肤透白如同甜糯米糕，脸颊右侧点了个调皮的梨涡。

"她是谁？"

吴成坤对我说："那是吴小月，我大伯的女儿。不过听说是捡来的，不是亲生的。"

他又凑近我的耳朵小声道："哎呀，她真好看。"

吴小月的确是吴贵捡来的。从她被抱进面馆的第一天，就跟着吴贵姓吴了。吴贵以前先后娶过三次，三个女人都没能和他生出一个孩子，对此他非常愤怒，决心要把这些碍眼的人统统赶走。前两个女人都想要这面馆做赔偿，但什么都没要来。最后这个倒是什么都不要，还给他捡了一个丫头回来。那吴贵对人家估计也有点感情，走的时候给了一坛酒，外加一包相思的红豆，最终隆重地把人家打发了。从此，只剩下了他和吴小月。

我们跟着吴小月来到一扇金色牌匾前，它固若金汤，闪闪发光，上面刻着几个明晃晃的大字——"英雄楼"。这是吴成坤大伯的地盘，是我寄生在伟大省会弓城的地方，也是我实现百万富翁之梦的根据地。

金色牌匾下有一层用来挡风的厚实布帘，我颤抖着撩开它，即将肃穆地邂逅我在弓城的发家之地。那一刻，我清晰地听到来自我心房中的心跳声，我的神经被一种庄严的仪式感侵蚀，我的头皮连同我的脚趾，将进入一个纸醉金迷的曼妙世界，里面花香满堂，高朋满座，遍地都是英雄，我这样的"倒数第一"，也有幸体会什么叫作"谈笑有鸿儒，往来无白丁"。

待我撩开布帘一看，发现里面的确"别有洞天"。

破旧的褐色木头桌椅散乱地摆在地上，一棵枯死的焦黄色仙人掌被丢在角落，和斑驳掉漆的木桌相映生辉。腐朽发黄的木框窗户被风吹得咯咯作响。我偷偷掐了一下吴成坤的后脊梁道："我说，这……这就是你大伯的大买卖？"

他为难地耸了耸粗糙黝黑的肩膀，我那平时狐假虎威的一号情敌，在这一刻，竟然也没了声响。

我们跟着吴小月绕到一间狭窄的屋子里，她将落满尘土的破布和一只断掉的扫把踢到一边，指着里面两张简陋的铁制上下床道："这是唯一一间空出来的屋子，以前厨子就住这里。我给你们拉了张布帘，你们两个男孩睡一头，女孩睡那一头。"

"那你睡哪？"吴成坤问她。

吴小月被问得莫名其妙。

等吴小月一走，我便扭脸问他："你这个臭流氓，瞎想什么呢？"

"胡说八道！"吴成坤红着脸把被子往身上一扯，便倒头睡去，再也不搭理我了。

夜晚，异乡那风声呼啸而过，明目张胆地侵袭着我们老旧的木框窗户，我身边的两人早已沉沉睡去，我却久久无法入眠。我的脑海里闪过我娘那空荡荡的酒坛子，我想，我娘眼里的那束光，可能也伴着空荡的酒坛子销声匿迹了。我还想起了我爹嘱咐我的话："做人要正直，做事要用心。"可我那时顾不了那么多了，只觉得成为百万富翁才是眼前的大事。

然后，我小心翼翼地侧翻身，但那老旧的铁架床还是传来了不合时宜的声响，所幸的是我的两个同伴都有超乎常人的睡眠。特别是我的小婆娘，打起呼噜来也极为清脆洪亮，一点不逊色于她曼妙的歌声。

我难以入眠，只好看着异乡的月光发愣，之后，我再次念起了"骆驼"老师教会我的第一首诗——"床前明月光，疑是地上霜。举头望明月，低头思故乡。"

时隔多年，我再念起这首诗的时候，猎豹和后羿不再追赶我，我也不再惧怕黑夜。我不再使出浑身解数，只为了尝一口我爹那专属大碗里的热汤面。我梦寐以求的胡子已经如繁星般的青苔布满我的下巴，我手臂上如糖葫芦般集结的肌肉，也像是和他一个模子刻出来的。只是，我爹已在凤跃村那块沉重的厚土中永远安然睡去，而我为了实现百万富翁之梦，自私地离开了我娘。我已把她负有一生的希望的那个酒坛子掏空，在她叫着我的名字酣睡时，孤注一掷地离开了我的家乡。

白芸高低起伏的鼾声、吴成坤节奏明快的磨牙声、明目张胆的北风、不解风情的月光，渐渐伴着我沉沉入眠。梦里，我娘、我爹和"骆驼"拼命追赶我，而我的大罐水泥车瞬间便将他们甩到百米开外，我家最懂事听话的"神气之猪"在一旁拍手叫好，它稳坐如盘，等待着我发号施令。

没等我摸一摸我的"神气之猪"，一阵急促的敲门声将我吵醒："太阳晒屁股了，快起床！一群懒虫哟！"

吴贵的声音高亢尖细如一根鱼骨插进喉咙，惹得我不情愿地爬起身。

应吴贵要求，我们睡眼惺忪地站成一排，吴贵指着我们的鼻子说："你们这群懒虫，太贪睡啦，非得我亲自扒拉才肯起来。这是绝对不行的。"吴贵清了清嗓子道，"你们几个初来乍到，我要给你们讲讲规矩。"

我们三个懒虫赶紧揉了揉松散的眼皮，佯装正色地直了直身子。

吴贵对白芸说："客人点菜你就记着，上菜你就端着，手脚勤快点。至于阿旺，"他斜眼看了看我说，"你那祖传的热汤面手艺我早就听说啦，我让以前的厨子回老家了，你可得挑起重担，好好发挥你的手艺。"他转向吴成坤道，"至于你……"

吴成坤笑嘻嘻地拍了拍自己的胸脯说："大伯，我还是负责监工吧，不能让他们偷懒呀！"

"看你这一身膘肉，还算有点用处。扛扛面粉，搬搬东西，干点粗活总行吧。"

"哎呀，大伯，你别只顾着干这活呀干那活的，快给我们讲讲，都有什么好玩的地方？"

吴贵眯起眼说："这里可是七里关，弓城最乱的地方。别怪我没提醒你们，七里关的人都知道，有两个地方碰不得，一个八爷赌庄，一个暖香楼，可千万绕着走。八爷帮的人千万别去招惹，免得惹来毒打；至于暖香楼，里面的姑娘可不是省油的灯，都是讹人不偿命的主儿。"

吴成坤听了他的话，笑嘻嘻地问："大伯，你怎么知道里面的姑娘讹人呀？"

"这……"他摸了摸鼻尖道，"去去去，我这叫见多识广，你当然比不了。总之，这两个地方聚了好些个牛鬼蛇神，听说警局的人正想方设法要把这两个地方端了，你们自己看着办，可别给我惹出什么乱子。"

吴成坤撇了撇嘴道："老吓唬我干什么？当我是吃奶的小孩哩。大伯，我听说弓城有个洪家面馆，排名第一？"

"你也知道洪家面馆？人家可开在最繁华的洋火大街，扎眼得很，三层小金楼上挂满大红灯笼。"

等到吴贵去算账后，吴成坤便偷偷捅了捅我说："阿旺，有机会咱们可得去洋火大街上转转，那洪家面馆给的工钱可是弓城最高的啦。"

在七里关顺利安寨扎营后，我们很快便成为吴成坤大伯的免费傀儡。自从他轻而易举地得到我们三个高级人才，便把热汤面的价格调低一半。我带着祖传的甘峡热汤面手艺进驻，使得他凋敝的面馆日新月异。我刚来那时候，枯死的仙人掌被移了出去，英雄楼也多加了两张桌椅。

二

　　我和吴成坤来了弓城半年之后，因为吴贵从未提过工钱的事，我们囊中羞涩，自然也寸步难行，只好一直在英雄楼这方圆之地里待着。所幸的是，从这些酒肉食客的嘴里，我们仍能听听外面的精彩世界，过过耳瘾。

　　吴贵有几个忠实的回头客，都是不务正业、游手好闲的酒肉之徒，以一个叫老孙的为首。为了能经常赊账，老孙常和吴贵称兄道弟，他拍马屁道：“这英雄楼的面天下第一，比洪家面馆的还好。”

　　吴贵说：“你这张嘴，真拿你没办法。我比洪家面馆唯一好的地方，就是我让你赊账呀。”

　　他们每次来，总要点上一碗我做的甘峡热汤面，配上不可或缺的辛辣白酒。八爷赌庄和暖香楼对他们来说亲如再生父母，他们总是费尽心血地孝敬这两个地方，从不吝啬。七里关的事情，我大多是从他们那里听来的，这为我无趣的生活添上了难得的一点激情。

　　“快，拿酒来！”

"你们猜我今天碰见谁了？"

"还能有谁，又是洪家少爷吧？"

"嘿嘿。他又在八爷那儿赌输了，撒泼打滚还想赖账，真丢人呀。"

"那洪家面馆可不缺钱，他洪大毛用得着赖账？"

"你知道什么呀，他的钱都在他妹妹洪二香手里，她才是当家的。这个没用的东西，逢赌必输，家大业大有什么用？还没咱们哥儿几个手气好呢。"

我看吴贵出去点货了，便鼓起勇气蹿到老孙身边问道："你们说的洪家面馆，是不是开在洋火大街的那家？"

"没错，就是那家。"

我压低了声音凑过去："那里给的工钱真是最高的吗？"

"这还用问，当然是最高的。阿旺，你要是过去，我们就得去洋火大街吃你的热汤面啦。"

"哎呀，我就是随便问问。"

老孙趁着给饭钱的空当，摸了一把吴小月那圆润的白手背："丫头，我要赊账。"

"你这又占便宜又赊账的，我们面馆还开不开了？"吴小月回他道。

老孙也不生气，只嘿嘿地笑道："丫头，我们一向都赊账，你是知道的。"

等那些赊账的食客们作鸟兽状散去后，吴小月便按吴贵的指示给我们盛饭。吴贵给我们的饭都是定好的，几斤几两，都写在一个密密麻麻的小本子上。白芸勉强能吃饱，我还差点火候，最受罪的是吴成坤。

当我们几个人装作和乐融融地围在一起吃饭时，他的肚子总不合时宜地咕咕叫，在沉闷燥热的晚上，就像一口煮了开水却没人掀起的焖锅，打扰了我们吃饭的雅兴。他的肚子总是填不饱，他生长的潜力还源源不绝。我觉得他日后还要更高大威猛，说不定真能成为他梦寐以求的"江湖大哥"。

他下巴上的胡须像雨后春笋般跃出，夜里睡觉的时候，他咿咿呀呀地做噩梦，醒来后，他发现自己又离天空近了几厘米，像田野里疯长的青色大葱。一个月之后，他已经比我高出半个头了。

有天夜里，我见他又饿得在床上翻来覆去睡不着，便说道："别叫唤了，扰了本王的美梦。算了，我偷偷去后厨看看，还剩下什么能吃的玩意儿。"

我蹑手蹑脚地站到地板上，那扇破门突然传来"嘎吱"一声，吓得我们面面相觑。

我抄起一只臭鞋做武器，正打算顺手飞去门边，只见吴小月鬼鬼祟祟地端着一盘金黄色的玉米饼，弯着身子摸进我们的领地。她的手指小心地按在自己的嘴唇上，招招手低声对我们说："你们谁没吃饱？快来。"

没等我和白芸自告奋勇，吴成坤这头饿狼便迫不及待地扑上前去，脆弱的玉米饼很快就分崩离析，被杀得片甲不留。

吴成坤吃上了吴小月的"特制玉米饼"后，脸色变得异常红润，我已经很久没听他在夜里咿咿呀呀地叫唤了。快要过中秋的时候，吴成坤已经比我高出一个头，他欠着身子对我说："中秋佳节，花好月圆。好机会来了。"

我把揉好的白面团摆在一边问他："臭流氓，你又想了什么馊主意？"

"咱们必须得跟吴贵严肃地提提工钱了。"

我们的眼睛，从未像这样热切而明亮地对视。我们两个"倒数第一"，竟然第一次结成同盟。我们要和吴贵来一场惊天动地的鸿门宴。

三

当吴贵把一块枣泥月饼分给吴成坤时，吴成坤挡了回去："大伯，你看，我们都在这儿干了一年啦。"

吴贵拿月饼的手停在半空，看了一眼明晃晃的圆月，叹了口气道："唉，岁月不饶人呀，"之后，吴贵冲他堆起一脸假笑，"这一年学了不少东西吧？以后别老偷懒，要勤快点儿。"

"大伯，有你指点，我往后错不了。你看，"吴成坤清了清嗓子说，"我们是不是该领工钱了？"

"什么意思？觉得大伯亏待你了？"

"那倒不是。"

"那你说，为啥要领工钱呀？你在这儿有吃有喝有住，要钱干啥呀？"

吴成坤转了转眼珠说："我要娶媳妇儿呀，我要娶个像小月那样的。"

吴贵掰了一块月饼的边角，喂到吴成坤嘴里："好男儿志在四方，要多想想事业，想想前途，那些乌七八糟的事儿有用吗？"

"有用没用的，您也得给点儿呀。"

吴贵不慌不忙地缓缓道来："想领工钱？当然可以呀。只要你们在外面找到活儿，不吃我的不住我的，我也就没话好说了。"

听了他的话，我们三个智商超群的凤跃村有为青年，一下就被噎得说不出话来，我们三个齐刷刷地看向天上圆满的月亮，欣赏起荒凉美丽的夜晚。

对于此等局面，我们三人自然有各自的主张，差点吵翻了天。

吴成坤主张继续忍气吞声，直到找到新的活儿为止；白芸一刻也不想等，她打算自立门户，即刻出发；我这个没主意的货，则在他们两个人中间干站着，左右为难。

吴成坤："要我说，这回就忍了，等咱们找到活儿之后，再走也不迟嘛。"

白芸白他一眼道："不行，咱们今天就搬走。你大伯是吸血鬼，早晚要把我的血榨干。"

"你想搬去哪儿？水帘洞还是五指山？我看还是忍忍吧，找到活儿再说。"

"咱们凤跃村的男人就这么窝囊？一年过去了，别说成啥百万富翁，我可一分钱都没见着！"

我被她一句"窝囊"弄得脚趾发胀且热血冲头，我的嘴巴像把新磨的弯刀，不划出动静誓不罢休："我可不是窝囊货！白芸，我带你走！"

我话一出口，心里立马"咯噔"响了一声。我冲吴成坤挤眉弄眼，希望他松口认怂，给我个台阶，比如拽着我的胳臂要求好生商量一番。可他根本懒得搭理，只是硬生生地说："逞英雄谁都会，就怕最后成了只狗熊。那我就不管了，你俩有多远滚多远吧。"

他话一出口，我最后的一个台阶便轰然倒塌，我和白芸只好和他分道扬镳，另立炉灶。

我和白芸收拾好东西，很快就找了家破旧的小旅店住下来。因为囊中羞涩，我们便合着租了一间屋子，白芸虽不情愿，却还是扭捏地答应了。她拉了一条布裤子作三八线，横在我们两具年轻的身体中间。

　　"喂，这叫三八线，你可不要越界。"

　　我一看那条破裤子，直皱眉头："三八线是给三八用的，我又不是三八，我不管。"

　　白芸气得伸手挠我，这么一来，我的心便痒痒极了。我学着凶猛的猎鹰，一把抓住她的手说："看看看，你先越界了，得罚。"

　　然后，我的手按住她的手；然后，我的眼睛对上她的眼睛；然后，我的嘴唇压满她的嘴唇；瞬间，我的眼里燃起足以烧毁热带雨林的熊熊大火。

　　可不幸的是，我的火没把她烧着。她推开我的脸，朝我屁股上重重地踢了一脚，我便如一个委屈的冬瓜般骨碌碌滚下床去了。

　　我眼里的熊熊火光被浇得蔫儿灭，屁股留下了一块耀眼的瘀青。很长一段时间里，那条三八界总明目张胆地在我眼前晃悠，让我不得安生。

　　对我这样一个四肢发达的雄性来说，撇开原始的冲动，给自己附加上遥远的使命，真是种至高无上的赤裸裸的折磨。

我是从庄稼地走出去的孩子，我是小麦的孩子。那种古老的宿命感总在我的身体里涌动，刻在我黝黑的肌肤和健壮如田蛙般的小腿中。

我想，庄稼地要获得丰收，总要守望什么，比如太阳，比如雨水。如果失去希望，便只有走向枯竭。于是，我把燃烧森林的冲动压抑在生殖器中，进而释放出不属于雄性的狐媚。那是一种为难，但由于我的守望而趋于合理。

起初，碍于三八线的规矩，我只好恪守本分，装作没有一点冒犯之意。而我凭着我娘酒坛子里的票子，倒是过了一段春风得意的好日子。在这期间，白芸的事业取得了突飞猛进的进展，我们在外面闲逛时，她被街上的一个星探相中，顺利地演上了皇后身边的丫鬟。虽然她浓妆艳抹地回来，告诉我一分钱也没挣着，可她仍然兴高采烈地对我说："哎呀，阿旺，我以后要成大明星啦。"

"大明星？你还差得远哩。"

"今天演丫鬟，明天我就能演皇后。哎呀，我要红遍大江南北啦。"

那天，我刚好和吴成坤喝了几瓶白酒回来，我看着她的脸抹得像猴屁股，惹得我心猿意马起来。于是，我将那条三八线扯到一边，一把将她抱在怀里。

她推了推我说："怎么一身酒味？离我远点儿。"

借着酒劲，我恬不知耻地不肯动弹："小婆娘，我们回凤跃村吧。"

"你还没成为百万富翁，我还没做上明星，怎么回去？"她捏着鼻子说，"我让你离我远点，没听见吗？"

"小婆娘，听不到，我就是听不到。"

她板起脸，噘起粉嫩的小嘴道："啧，跟你说过多少次，不要这样叫我。"

我到了弓城还称她为小婆娘，实在不是我故意为之。我想，她作为我的女人，我当然要赏给她最光荣的称号。那是我和我爹学来的，他就那么叫我娘。比如："小婆娘，我要吃面……""小婆娘，快教训这个龟儿子……""小婆娘，省着点花……"

我的瞳仁里烧着两把冬火，紧紧盯着她漆黑的眸子说："我要把三八线扯了。"

"啧，你……"

没等她说完，我的手按住她的手，我的眼睛对上她的眼睛，我的嘴唇压满她的嘴唇，我瞳仁里燃起了烧毁森林的熊熊大火。

然后，我们的破木板床成了一架摇摇欲坠的黄包车。然后，那条三八线就如同滚滚逝去的波涛，永远消逝在我的脑海中了。

那算得上我人生中顶美好的日子，我牵着白芸，踏遍红墙金顶的王爷府；我们荡起曼妙的双桨，在红坛公园留下撩人的笑声；我们在古战墙旁对着一棵参天古树拥抱；我们在飞燕塔下冲着一群风筝亲吻。

现在想来，风花雪月的生活真如流星般美好，很快，我娘酒坛子里的钱就要见底了。

我晚上搂着白芸做梦的时候，梦到我爹拿着鸡毛掸子追我，他气急败坏地对我喊："龟儿子，把酒坛子的钱还给你娘！"

在冰凉的梦中，我的脸光洁得犹如青涩的葡萄，上面看不到一星半点的胡楂。我毫不示弱地昂着头问："如果我是龟的儿子，那你是啥呀？"

我以为我爹会像以前那样继续追赶我，直到我向他臣服，可这回，他只是非常忧伤而冷漠地看了我一眼，便独自一个人转过身去。我见他要走，便惊慌失措地去追赶他，可是他越走越快，我已经追不上他的脚步。之后，他便无情地消失在我的视线中，让我永远无法触碰。我再醒来的时候，脸上横流遍布着咸腥的泪水。

到此为止，我已经来了一年。我把我娘酒坛子里的钱花得快精光了。

四

作为一个凤跃村的好男儿，我决心独自面对这弹尽粮绝、四面楚歌的局面。在我和白芸再一次大汗淋漓地越过三八线，拧成一股交错复杂的麻花之后，我心虚地对白芸说："放心，钱嘛，小……小事。"

我说这句话的时候，声音抖得像我小时候的二号情敌成豆豆，我终于体会到他那样的人说话是如何艰难，不禁对他生出一星半点的愧疚之心。我从床底下小心翼翼地翻出一包好烟塞到裤兜说："我明天去会会吴成坤，看看他有没有什么好路子。"

我在英雄楼门口等吴成坤的时候，旁边恰好盖好了一个灰色砖瓦砌成的公厕，一股新鲜的尿骚味扑面而来。我模糊地听到里面的女人在谈天说地，她们一边释放着膀胱中的存货，一边说起自己祖先的辉煌事迹。她们说祖上曾经有多少栋房子，有多少辆马车，然后她们嚣张的声音，就那样淹没在水声里了。

我见到吴成坤的时候，他的脸上携着春风得意的笑容。他的头发比上次略长，两边的鬓角被他刻意地梳得服服帖帖。

他冲我嘿嘿一笑："小弟，回来看大哥啦？"

我把好烟扔给他说："滚，我来找你抽根烟，可不是来认你做大哥的。"

吴成坤眯眼一看，拍了拍我的肩膀道："好烟呀，够意思。我说，你大老远来，只是为了抽根烟吗？"

"不愧是倒数第一，和我一样聪明。是这样，我想找个肥活儿干干，你有路子吗？"

他往我脸上吐了口烟道："嘿嘿，你不是最喜欢在女人那儿逞英雄吗？这会儿怎么来求我了？"

我的脸热得蹿上一股红流："行了行了，都是老乡，说这个干什么？"

"我打听过了，咱们能投靠的老乡还有两个。一个成豆豆，已经在弓城当上了巡警；一个拐子李，也到弓城给人看相来了。"

我以为我的耳朵被蚊虫咬坏了，便问他："我没听错吗？你说的是成豆豆？"

"千真万确。人家现在牛气啦。唉，"他叹口气说，"可惜，没一个我能靠上的人。我一不会抓贼，二不懂算命，啧，白白浪费了。"

"那你打算在这儿耗到什么时候？"

"有了小月，我的日子过得还不算苦。等我混出来了，我一定要她跟我，天天都能吃上玉米饼，嘿嘿。"

说到小月，我的脑海便飞速闪过她圆圆的脸庞。"可是……那可是你表妹呀。"

他白我一眼道:"和你说过多少次了,她是我大伯抱养的,有什么不成?"

"可是……"

"阿旺,她过得不好,"吴成坤眼里闪过一丝忧伤,"吴贵打她,比打畜生还狠。反正我不管,我要让她跟我。"

"跟你?哈哈,"我失声大笑,"吴成坤,你可真敢说呀。"

"我吴成坤敢说就敢做。我想好了,我要去洪家面馆帮工,那儿的工钱可是弓城第一。等我混好了,就把小月接过来。"

"这我早就听说了。"我眼睛一亮,"你能进去吗?难道你有路子?"

"我们的一个小兄弟在那里打杂,我仔细打听过了,他们要招个伙计。"

吴小月见我来了,便招呼我进去。她做玉米饼还和以前一样格外香甜,期间她问我过得怎么样,我没提及囊中羞涩,只是硬着头皮说马马虎虎。我们的气氛原本是轻松愉快的,可当我们畅想美好未来时,却被吴贵毫无教养地打断了。

吴贵一看领地内相谈甚欢的我们,又看了一眼桌上冒着热气的玉米饼,顿时气得像野狗一样上蹿下跳:"好啊,吴小月，你胳臂肘往外拐，看我不打死你。"

吴小月"丧尽天良"的事迹被揭露了，便羞愧地低下头去。吴贵冲过来把她逼到墙角，对她又掐又拧，吴小月鬼哭狼嚎地反抗，吓得我大脑一片空白。没等我反应过来，吴成坤已经像一支打了鸡血的弓箭，"嗖"地一下射了出去，他蹿到吴贵的身边，一拳把吴贵打倒。

"吴贵，我要揍死你！"

"你……你个小畜生，反了你了！"

吴成坤冲他白花花的肚皮顶了两拳，吴贵便悄无声息地倒下，像只翻了肚皮的金鱼，一动不动。吴小月从地上跌跌撞撞地爬起来，疯了似的把吴成坤往我身上推："阿旺，快把他拉走！出人命了！"

在这一团不堪的暴乱中，我只好将吴成坤这头顽固野牛拉回家。

"吴成坤，这回你可捅大娄子了！"

他对我咔咔笑道："放心，他躺地上还不忘偷看我，装死都没水平，真是头蠢驴。"

"唉……这回倒好，没了吴贵，你靠什么讨生活？"

"我打听过了，洪家面馆要招一个伙计，咱们明天就去试试。"

"一个伙计？"

他朝我狡黠一笑："是呀，一个伙计，不是你，就是我呗。"

"可是，全弓城的人都盯着洪家面馆，我估摸没戏。"

"好赖我也是曾经的鹰头帮大哥嘛，谋个伙计的差事，还是没问题的。"

这个不速之客闯入了我和白芸的生活，我只好机警地当上三八线，心甘情愿地杵在白芸和吴成坤之间，如同肉夹馍中间肥而不腻的香饽饽。晚上，吴成坤在梦里喊道："小月，小月……"

他滚烫犹如腥躁的火球，一股强烈的荷尔蒙冲击波几乎要把整张床吞没。我弹了一下他的裤裆道："臭流氓，给我安静点，讲讲文明礼貌。"

他一睁眼，猛地见到满脸胡楂的我，赶紧一把将我推开："去去去，怎么是你？"

这时候，"肉夹馍"另一头的白芸掀开被子吼道："你们两个畜生，让不让人睡觉了？可别害得我脸色不好。我明天还要去见星探哪。"

她当着吴成坤的面叫我"畜生"，让我的那张老脸立马挂不住了。我看吴成坤正捂着嘴哧哧笑，便没好气地给了她一句："你呀，还是给我做饭生娃吧，你和那些明星还差得远哩。"

我望见她的肩膀抖了抖，突然失去了和我叫板的战斗力。我占了上风，便又不知好歹地喊："小婆娘，你给我留在这儿好好反思反思！兄弟，咱们出去抽根烟。"

自从白芸演上皇后身边的丫鬟之后，她便自信满满地认为，她已经踏上了坦坦荡荡的星途。我记得她总是兴高采烈地对我嘟囔："人家说我天生丽质，肯定能演上皇后，以后肯定会红遍大江南北呀。"

可不管她能不能红遍大江南北，当下的事情，是我这个男人在自己的同乡面前，要将脸皮实实在在地贴在脸蛋子上。训斥完她后，我便故意把门摔得震天响，带着吴成坤逃窜到外面去了。

我们一起点上一根烟，聊起了家乡人。

比如，"骆驼"老师、他的弟弟吴金宝、张家的张大傻还有成豆豆等。

"骆驼"老师仍然守在那片荒瘠的大山中，重复着他无趣的口头禅："同学们，知识改变命运，知识改变命运呀。"

他的弟弟吴金宝平了几个小弟的造反，挂了几处斗殴的光荣伤疤，终于成了鹰头帮的大哥。

张家的张大傻还没嫁出去，她的哥哥用她来抵赌债的愿望总是落空。

成豆豆做了一名光荣的弓城巡警，他竟然实现了那个被我们嘲笑已久的梦想。

我们聊凤跃村越多，便越觉得身边的空气寒凉。我和他抬头望着头顶上的月亮时，我问他："还记得'骆驼'教咱们的第一首诗吗？"

"早就记不住啦。"

"床前明月光，疑是地上霜。举头望明月，低头思故乡。"

我被外面的寒风吹得直打喷嚏："阿嚏，阿嚏！"

"你身子骨太弱，不中用呀。擦擦鼻涕回去吧，明天还要去洪家面馆试工哪。"

我回去后，白芸背对着我，故意用她的野蹄子踢了我几脚。我看吴成坤已经睡去，便懒得和她再计较了。第二天一早，我们三人便分道扬镳，白芸踏着星途去见她的星探，我和吴成坤则忐忑不安地踏上了去洪家面馆试工的征程。

那是我第一次踏上洋火大街的地界，那里人来人往，熙熙攘攘，我们费尽周折地打听，才来到一座三层小金楼前。它傲然耸立在街道中心，金字招牌上刻着"洪家面馆"。走到它跟前时已是正午，我的腿肚子早已酸胀不已。

吴成坤啧啧称奇："你看，凤跃村有这样的楼吗？太吓人了。"

和洪家面馆比起来，我娘的面馆，简直就是大象旁挠痒痒的小蚂蚁。

"那吴贵总吹嘘他在弓城做大生意，啧啧，你看看，这才叫大生意。他可真是，那个叫什么来着，"吴成坤在脑海里搜索"骆驼"教给他的成语，他皱着眉头想了一会儿，突然一拍大腿道，"对，井里的癞蛤蟆。"

　　我们前面排起了长龙大队，一直拐到洋火大街上，一个面容姣好的女人只好走出来整理队伍。吴成坤悄悄对我说："这肯定就是老孙口中的洪二香，啧，真是国色天香呀。"

　　等轮到我们的时候，我早已汗流浃背，那个叫洪二香的女人对我们招手说："过来吧。"

　　"你们两位，都在面馆干过吗？"

　　没等我和吴成坤抢话，一个身上佩戴几块好玉的男人冲过来把我们打断，拉着洪二香的衣袖说："好妹妹，快给点钱吧，我有急用。"

　　"洪大毛，你个没出息的东西！又想去赌吗？"

　　"少管闲事，快给我就是。"

　　"休想！你干脆把我连着这家老店输了算了！"

　　男人吃了瘪，自讨没趣地打了个哈欠说："不赌还不行吗？本少爷今天休息，我睡觉去。"

　　洪二香整了整被扯皱的衣裳，尴尬地转过头道："见笑了，咱们继续。"

　　吴成坤像只长颈鹿似的把头往前伸："我一直在我大伯的

面馆打工，我会揉面、扛面粉，啥都会。"

我也毫不示弱："我娘就是开面馆的，我从小就帮我娘干活，"我露出一排亮白整洁的上牙，"嘿嘿，我尤其爱给漂亮姑娘干活……阿嚏！阿嚏！"

昨儿晚上的风寒未散，害得我状态欠佳，在这关键时刻，我对着洪二香猛打了一阵豪放的喷嚏。吴成坤那混账东西趁机关切地拍了拍我，扭头对洪二香说："兄弟呀，你从小就身子骨弱，我看就别勉强啦。"

最后，一个噩耗传来——我被淘汰了。另一个噩耗紧接而至——吴成坤正式成为洪家面馆的伙计了。

吴成坤进了洪家面馆，我实在是气不打一处来。我从来都不把自己与他看作一丘之貉，他那样的臭流氓，和我这样有理想有抱负的青年根本不是一路人。

可他终究是把我赢了。

他的工钱将是弓城的面馆中最高的，他将要开始他的坦坦星途了。这一切都让我黯然神伤。我输给他这件事，比我没有开上水泥罐车、失去了我的"神气之猪"还难过，好似我事业的世界末日要到了。

吴成坤拿到洪家面馆那件跑堂马褂的时候，自顾自地跑来请我抽了根烟。他点上那支烟对我说道："等我成了大老板，你就有好日子了，你放心。"

我的上下牙床磨得咯咯作响，眯起眼对他说："恭喜恭喜，你得好好干呀。"

吴成坤打赢我后，我在弓城彻彻底底做上了一名无业游民。我摸着空荡荡的口袋在七里关一带乱晃悠时，发现这里盖起了一幢新的高楼。我一看包工头在里面指点江山，便赶紧凑过去说："你们还缺人吗？"

我故意绷起手臂上集结的糖葫芦般的肌肉，冲他好一番挥舞。不过，这好像起不了什么大作用。等我把身上的烟全部给了他，他终于松口道："我看你身子骨倒是不错。怕高吗？"

我的头摇得像拨浪鼓："不怕，不怕！差一对翅膀，我就能飞起来！"

"有个擦玻璃的活儿，就交给你吧。前段时间有个人摔下来死了，你去顶他吧。"

五

在我娘酒坛子里的钱花光后，我终于得到了第一份有工钱的活儿。

我写了封信给我娘报平安：

> 我在弓城一切平安。我干的是肥活，能挣钱。勿念。

我恬不知耻地略去了酒坛子里的钱的下落。

干活的时候，我常被吊在空中，大有"会当凌绝顶，一览众山小"的快感。这让我的心情越发悠扬愉快，我常常在最接近天空的地方哼起小曲："咿呀，咿呀呀，凤跃村，我的家。鲜花满山岗，牛羊多肥壮……"

在擦了几幢高楼的玻璃后，我便自认为脱胎换骨，成了那种见过大世面的人。我已经能想象我成了百万富翁后的样子，凤跃村的男女老少将为我盖一座绝世动物园，他们看我，将像看珍稀动物一样，对我前呼后拥，围着我啧啧称叹。

我娘很快就给我回信了，她大字不识，是"骆驼"帮她代写的。

> 阿旺，你这个不争气的儿子。过年能回来吗？不回来告诉我一声。你一个人在外面要多加小心。无论做什么，记住你爹说过的话，做人要正直，做事要用心（对了，我是你的老师，这是我帮你娘写的，她很挂念你，我们都很挂念你）。

我看着那封信，突然鼻子一酸。我怕被别人看见我一个大男人眼泪横流的样子，便小心翼翼地背过身去。这回，我的"骆驼"老师不再浪费他的墨水，对我写下那句口头禅——"知识改变命运"。可这么一来，我反倒不习惯了。

当我被吊在大楼上的时候，我觉得自己无限接近天空，两腿扑腾着如同世外桃源里的神仙，要是有兴致，还能和旁边胆小的工友聊会儿天。我得意扬扬地对那个胆小的工友说："你看咱们脚底下的人，都跟蚂蚁似的。"我说这话的时候，满面春风，全然没听到身上的带子渐渐断裂的声音。

"会当凌绝顶，一览众山小……"

刚念完这首诗，我身上的带子便断裂了。一秒之间，我就没了知觉。

等我醒来的时候，我正躺在一张雪白的床上。我艰难地眯起眼睛，恍惚中看到了一个背影迷人的白衣护士。

我迷迷糊糊回忆自己是从哪里掉了下来，却怎么也记不清了。我的脚上裹着厚重的白纱布动弹不得，工友见我睁开眼，赶紧凑了过来："谢天谢地，你可算醒了。"

"完蛋了，完蛋了。"

"什么完蛋了？说什么胡话呢？"

我叹了口气道："说吧，我是少了只胳膊还是少了条腿？"

谁料他冲我哈哈大笑起来："哥们儿，你从二楼摔到一楼，能有啥事儿？"

他见我满脸疑惑地望着白色的墙壁，便对我说了一句十分刺耳的话："说实话，哥们儿，你是被吓晕的。"

"吓晕？"我的脸上一阵发烫，只好咒骂他道，"你这个胆小的王八蛋，少给我胡说八道。"

我虽然从天空中摔了下来，却出人意料地很快"康复"了。等回到家，我便迫不及待地对白芸声张这件光荣事迹（当然，我故意把"吓晕"这一段略了过去）。

"小婆娘，我今天从天上摔下来了。"

白芸的眸子圆睁得像十五的月亮，就像小时候我说要选班长时她流露出来的惊恐。

"你受伤了？"

我酌了一口酒，嘿嘿地笑着说："男人嘛，受点伤算什么？"

"阿旺，你去找找别的活儿吧。"

"那怎么行？我现在可是顺风顺水，很快就能当上擦玻璃队队长啦。"

白芸沉默了半晌，拿出一张照片对我说："阿旺，好看吗？"

我接过照片，上面的白芸身上披了两片破布。我禁不住青筋暴起，对她吼道："你这穿的什么玩意儿？两片破布？咱们又不是没钱买衣裳！"

"阿旺，我很快就能演上皇后了。你也去找个体面的工作吧，别老吊在天上。"

"难道你演丫鬟就比我了不起吗？"

我看她被我气得脸色发青，口气只好松了下来："在天上有什么不好？做个神仙才自在哩。"

"什么神仙？我看蜘蛛还差不多。"

"蜘蛛好呀，八条腿，是个人就怕它。再熬几年我就能当队长了。我给现在的队长买了好几包烟，都是我不舍得抽的，我跟你说，我可是下了血本的。"

"我要是成了大明星，我养你吧。"

"我……我用得着你一个女人养我？"

"可你……要是死了怎么办？"

"死了又怎么样？我要是死了，钱不都是你的吗？"

她认真地想了想，又开始抽泣道："可你根本就没什么钱啊。"

我挠挠头说："哎呀，真麻烦，等我成了百万富翁不就有了嘛。"

她听我这么一说，反倒大哭起来："先别说百万富翁，下个月的房钱怎么办？你快去找个赚钱的活儿吧，这么下去可不行。"

我这个人耳根子软，对女人的眼泪毫无办法，只好把嘴凑上去，慌乱地亲她的泪珠。而她却狠狠推开我道："你死了最好，让我做寡妇吧。"

我又勇敢地凑上去几次，可她却一而再再而三地将我推开，这么一来，我脸上便挂不住了。

我望着她恶狠狠道："行啊，谁碰你谁是孙子。"

然后，她进屋换上了一条我最钟爱的白裙子。它让我热血澎湃，只好心甘情愿地当了一回"孙子"。我痛心疾首地想，我恐怕真要和"玻璃队长"这种神气角色无缘了。眼看这样的肥差就要拱手让人，我只好仰天长叹道："唉，英雄难过美人关，谁让我是英雄呢。"

我正一筹莫展时，吴成坤叫我去洋火大街找他，说有要事商量。我看他正哼着小曲端菜，便对他吹了一声口哨说："喂，臭流氓，我来啦。"

我给他点上一支烟："我看你过得不错，怎么还想得起来我？"

"的确不错，真可以说是风生水起呀。我打算多攒些钱，把小月接过来。"

"哟嗬，你个臭流氓，还真是个痴情坏子。"

"总之，她跟了我之后，一定要过得比以前好。"

"得啦，先把女人的事放一边。说说，你叫我来，葫芦里卖的什么药？"

"你家小婆娘真厉害，你那玻璃队长怕是当不上啦。还没找到活儿吧？"

他看我窘迫地抽烟，便对我嘿嘿笑说："好啦，好男儿志在四方嘛，可别说老乡没想着你。我们这里有个伙计要回老家，急着找人顶替，即刻上岗。怎么样，肥活儿吧？"

听他这么一说，我终于松了一口气，有了洪家面馆给的工钱，我和白芸终于能在弓城活下去了。

六

去洪家面馆做工的第一天，我特意起了个大早，我把头发弄得油光水亮，还穿上了我娘给我做的新衣裳。可当我穿过熙熙攘攘的洋火大街，一只脚迈进洪家面馆后，我的眼皮忽然"突突突"狂跳不止，我再一听，不远处，一个刺耳的声音划破长空："不好了，出人命了！"

我顺着声音找到拥挤的人群，一眼便看到吴成坤和洪大毛两人扭打在一起，旁边撒着一地的瓷碎片。我问旁边凑热闹的伙计说："怎么回事？这是打起来了？"

"这吴成坤打碎了一只瓷碗，刚好碰上洪大毛在八爷赌庄输钱啦。这是拿他撒气呢。"

我正局促得不知如何是好，吴成坤瞥见我，便声嘶力竭地冲我喊："阿旺，快来帮我，快来帮我！"

"谁敢帮他，谁就是和我洪大毛对着干！"

他朝我这么一喊，身边那些伙计、食客便纷纷朝我望去。我的脚下像被粘上了糨糊，不知如何动弹是好。

突然，洪大毛举起碎瓷片朝吴成坤喊："我扎死你！"

一瞬间，洪大毛手中那锋利的碎片在我瞳仁中无限放大。我冲上前把碎片抢过，对着洪大毛喊道："住手！"

最后，我拉起吴成坤的手，像两只疯狗般杀出重围。

我的新衣裳沾满了咸腥的鼻血，我的新鞋上沾满了破碎的瓷碴子，我那洪家面馆的飞黄腾达之路，顷刻间便化为乌有。

我用力搓洗我的衣裳时，唉声叹气地对吴成坤说："你个臭流氓，怎么得罪了洪家少爷？害得我也跟你一起倒霉。"

"我心里堵着一口气呀。那洪大毛在八爷赌庄输了钱，故意拿我撒气。别怪兄弟我挡你的前程，我也是没办法呀。"

衣裳上的血水似乎永远也无法洗净，我只好把它扔在一边，直愣愣地望着吴成坤道："下一步怎么办？"

"我把工钱都拿去租房了。我本来想把小月接过来的，这回倒好，退不了租，身上的钱也花光了。"

他见我愁眉苦脸，便自觉地站起身拍了拍尘土，冲我勾肩搭背道："怕什么？留得青山在，不怕没柴烧嘛。对了，还有句老话，老乡见老乡，两眼泪汪汪。我这回是彻底没钱了，只能赖上你啦。"

在我们来到弓城的第二年，除了白芸颤颤悠悠地踏上了明星大道外，我和吴成坤则退回原点，成了两个无所事事的无业游民。

迄今为止，白芸在她的坦荡星途上，已经演过几个重量级角色，如路人甲乙丙丁、小贩子丑寅卯。她去做"明星"时，我和吴成坤便在弓城无所事事地游荡，那些不要门票的地方，都是我们坚实的根据地。那些收钱的地方，我们就小心翼翼地在门口看一看牌子，仔细地记下来，就当是去过了，这有助于我们写信回老家吹嘘。

自从吴成坤夹在我和小婆娘之间，我便不止一次暗示过他，该是时候自己出去闯荡闯荡了。尽管他心中已住上了一个吴小月，可我认为，他毕竟曾经是我的一号情敌，于是对他说："好男儿志在四方，你得出去闯荡闯荡，不能老和我这样的人待在一起呀。"

吴成坤对我这个救命恩人也算仗义，最终，他对我说："再怎么说，我和吴贵也是亲戚。与其在你们这儿碍眼，还不如回去干活，至少我还能天天见到小月。老话说，大恩不言谢。阿旺，等我发达了，肯定少不了你的。"

我得罪了洪大毛，也不好再回洪家面馆，只好终日独自在街上晃荡，四处看那些张贴出来的招工启事。我靠着白芸那零零散散的"演出费"过日子，尽管我不情愿，我的皮肤也并不细腻精巧，可我还是做了一阵五大三粗的"小白脸"。一个月过去了，我做工的事还是毫无着落，这让我急得像一只热锅上跳脚的蚂蚁。

我找了一天的活儿，已到傍晚时分，早已饥肠辘辘，腿肚子发软。我一想，英雄楼就在附近，便想向吴成坤讨碗面填填肚子。

我凑过去一看，却怪异地发现英雄楼也写着"招工启事"。只是字写得歪歪扭扭，让人很怀疑发布者的诚意。

我走进去问："吴成坤，你在吗？我来找你侃大山啦。"

一个男人背对着我，托着腮帮子坐在掌柜的椅子上。他听到我的脚步声，竟然大笑起来，我一听这笑声熟悉极了，便说道："吴成坤，摆什么架子？还背对着我。"

等他转过身来，便拉了把椅子过来，招招手示意我坐下。

"来来来，你想做工？"

"我是来讨碗面的。对了，你们英雄楼怎么贴着招工启事？"

"我们要招伙计呀。"

我对他的话将信将疑，便问道："给工钱吗？"

"给不给工钱，那就看我乐不乐意啦。"他冲我咧嘴一笑，"阿旺，我现在是英雄楼的掌柜啦。"

我猜测他肯定在满嘴跑火车。但我仔细观察，他的样子不像开玩笑，因为他难得说几句真话，一说真话，两条腿就抖来抖去，如同一只傲慢的鸵鸟。而现在，他的腿已经抖得很明显了。

我又走出门一看，这面馆还是吴贵开的那家，"英雄楼"几个大字赫然醒目，这让我惊出了一身冷汗。

"吴贵呢？吴小月呢？"

"谁让你打岔的？你是不是来找活儿的？"

我虽然有一万个杀了他的心，但我还是沉住气说："对，我是来找活儿的。可我请问，你吴成坤怎么就成掌柜了？"

"这个嘛，等我往后告诉你。对了，我对伙计的要求是很高的。你都会什么？"

"你又不是不知道，我娘就是开面馆的。有我祖传的甘峡热汤面，还不够吗？"

"嗯，"他故作深沉地点点头，"那倒是可以考虑考虑。"

"这下你总该告诉我，你这店是怎么来的了吧？"

吴成坤嘿嘿地冲我笑道："吉人自有天相嘛。你真想知道？"

我打定了主意他会冲我炫耀，就故意白他一眼："你爱说不说。"

　　果然，吴成坤憋不住了。他努了努嘴，终于放下了他的臭架子。

　　"我从你那里回到英雄楼之后，就没拿过一天工钱，我真是对他恨之入骨。有天，吴贵又没由来地打她，我便头昏脑涨地把他打了一顿。嘿嘿，他被我打得血肉横飞，一动不动。"

　　听到这儿，我手心冒汗，不自觉地往后退了几步说："你……你不会把他打死了吧？"

　　"不，这回你可猜错了。"他摇摇头接着说，"后来，他找了老孙那帮人要收拾我，小月就给我通风报信，要我赶紧出去躲一阵。"

　　"你先别和我逞英雄，赶紧说说你是怎么当上老板的。"

　　"我就想，男子汉躲什么躲？我要在这儿等着他，我要和他决斗。"

　　"决斗？这么说来，你把他打死了？"

　　吴成坤摇摇头，伸出一根手指直指天空："不是我，是老天。"

　　"你倒是说清楚，到底怎么回事？"

　　"他和那个爱赊账的老孙，合起伙来要对付我。他们背着我在外面喝酒，商量怎么收拾我，结果，吴贵喝醉了酒，醉醺醺地在公路上走，被一块大石头绊倒了，一下就没了。"

我不可置信地问："你是说，吴贵死了？"

他点点头。

"那吴小月呢？"

吴成坤沉默半晌，眼角泛出一星半点的泪花说："她走了……"

七

吴贵死后，昔日的食客老孙便隔三岔五就到店里吃饭，拍着胸脯，自诩为吴小月的"大哥哥"。本来，吴成坤一直觉得这个"大哥哥"很面善，除了肥胖且爱赊账，没什么突出明显的缺点。何况，吴贵死后，他竟然自告奋勇地把那些赊账结清了，这让吴成坤以为，老孙还算是个仗义人。

直到有一天，他听到了尖细的女声——"哦，大哥哥，我的大哥哥……"那种语调尖细而悠扬，甚至很温柔。

他沿着虚掩的门望去，在皎洁明亮的月光下，一团麻花扭在一起。那冰冷的月光，将吴成坤人高马大的身影映衬得像一头发怒的野兽。

吴小月冲墙上的黑影一瞥，惊慌失措地大喊起来："老孙，有贼！救命呀，抓贼！"

那团麻花分开了。灯亮了，一切又重归光明。

那是吴成坤看过的最红润的脸颊，也是最忧伤的眼睛。

吴小月把扣子搭上，示意让"大哥哥"先回去。她朝吴成坤温柔地招手说："吴成坤，我和你聊聊。"

"你已经不再是我的表妹了，你心里很清楚，你是吴贵抱养的。"

"我要的是一个有依靠的稳定生活，这些你给不了。"

吴小月接着说："不过我要谢谢你，你帮了我不少忙。"

听到这儿，吴成坤赶紧摇摇头。他根本记不起来自己帮了什么忙，相反的是，他还很愧疚，因为他无意从门缝中瞥见过她洗澡。虽然只有一眼，却让他面红耳赤，永远难忘。

她接着说："冬天，路面都结冰了，凌晨就得去拉大葱。吴贵懒得起来，偏要我去，要不是我叫上你，我肯定害怕。还有次他打我，要不是你拉开，我的脸上准会留个难看的大疤。我最怕被打脸了。"

吴成坤眯起眼睛看着她，看得她直打颤。她摇摇头说："算了，无论我怎么说，你都会觉得我是个坏女人吧。"

他的脸因为害羞而涨得通红，突然，他的手犹如快速出击的闪电，伸手掐了一把吴小月的胸脯。终于，他完成了心中长久以来的夙愿。之后，他看到她的脸红得像天上的朝霞。

出其不意，她在他脸上留下一记响当当的红手印："你怎么成了臭流氓？"

"小月，我告诉你！老孙可不是什么好人，你别跟他，跟我！"

她挣开他的手说："这店就给你了，我要和老孙去他老家过日子了。房租到年底，店里还有剩下的钱，账本我放最里头的桌上了。"然后，她望着他漆黑明亮的眸子说，"吴成坤，好好过日子吧。"

最后，那个爱赊账的"大哥哥"满脸肥油地对吴成坤佯装不舍地招手，他旁边站着吴成坤最心爱的吴小月。吴成坤望着他们越走越远，眼眶就像被温泉泡过似的，透着久不散去的余热。之后，他总会想到他刚来弓城的那段日子。他记得吴小月是如何向他走来的，她是那么温柔。

后来，他总想找个吴小月那样的女人做媳妇儿。可他相中了几个，又觉得那些女人都比不上水汽袅袅中的吴小月。只有那么一眼，他的脸就憋得通红，不敢再继续看了。水漫过她丰润而甘醇的身体，几缕发丝随意而散漫地耷拉在肩膀上。她在水中看上去是那样曼妙而温柔，这种温柔缠绕在他的心口，就像墙壁上那种野蛮生长、纠缠不清的爬山虎。

吴小月走后，吴成坤修缮了老旧的牌匾，上面斑驳的烫金大字被重新补好。就这样，那个在凤跃村和我并列倒数第一的吴成坤，虽然因为爱上吴小月而不再充当我的"一号情敌"，却突如其来地成了我的掌柜。

　　吴贵死了，吴成坤即刻废了赊账的规矩。那些和吴贵喝过酒的人，由于对吴贵的死心有余悸，也不再光顾英雄楼。而那些对吴小月不怀好意的男人们，也再也没有踏进过我们的面馆。

　　自从吴成坤接管英雄楼后，我们不停地流失以往的熟客。在那段拮据的日子里，吴成坤总挂在嘴边一句话："阿旺，咱们一定要干出一番名堂。"

八

　　吴成坤把吴小月留下的一些盈余拿来换了桌椅，又找人修补了透风的窗户。有了我娘传授给我的热汤面，又有吴成坤那张献媚讨巧的破嘴，英雄楼终于重振旗鼓，我们终于有了自己的一批新食客。

　　吴成坤眼看英雄楼大有"星星之火，可以燎原"的趋势，就和我商量道："我看，咱们找个人来帮忙吧。这么下去，咱俩还没享福就累死了。把白芸叫来吧？"

我摇摇头："我家的大明星你可请不动，她才不会来哩。她要演戏，没时间干这种粗活儿。"

吴成坤嗤笑道："演个丫鬟就成明星啦？哎呀，你可真会说。"

"丫鬟怎么了？现在演丫鬟，以后就演皇后。你呀，目光短浅。"

那时候，我的小婆娘白芸已经成了一个所谓的"明星"，在星探的帮助下，她又接演了许多了不起的大角色——比如一个打入冷宫的妃子的丫鬟，卖豆腐的吆喝小贩，被乱枪击中的路人甲。

她演丫鬟的时候，有一句最长的台词——"皇上来啦。"她一个人练习至三更夜深，吵得我不得安生。

"阿旺，快帮我把把关，你听出害怕、紧张、恐惧了吗？"她清了清嗓子，"皇——上——来——啦！"

我在英雄楼干了一天活儿，我的小腿酸胀，眼皮不听使唤地打架。也许是我这个人先天没有艺术细胞，我硬着头皮听了上百遍，还是听不出什么差别。

最后，我揉揉眼睛评判道："嗯，听得出来。不早了，咱们睡吧。"

"你怎么这么敷衍我？一句话就完了？我演得不好吗？"

"哎呀，一般般吧，我要困死啦。"

我用最后一点力气说完，便转过身去呼呼大睡。后来我想，从那天起，她可能就恨上我了吧。总而言之，我有一百个不好，当她想起我这一百个不好的时候，甚至把我那十个好也统统忘掉了。

英雄楼的生意有了一些好转之后，吴成坤的野心也跟着越来越大。

在一个月明星稀的晚上，他找到我说："我宣布，从今天起，正式制订'英雄楼崛起计划'，我们要把店开到洋火大街上。"

我听了直摇头："做什么白日梦？洋火大街是什么地方？咱们可租不起。"

吴成坤冲我嘿嘿一笑："万一是白来的呢？"

"天下没有白来的午餐，何况白来的铺子？"

"阿旺，这就是我做掌柜，你做伙计的道理啦。走着瞧。咱们以后的窝儿，就在洋火大街的三层小金楼里。"

吴成坤说这话的时候极有野心，这种野心不仅限于他想把吴小月给娶了。实际上，他的野心极大，他要占上洪家面馆的三层小金楼。

"我知道你记恨洪大毛，可是……"

"对，我恨死他了，他洪大毛是我永远的仇人！要不是他，我和吴小月的孩子都该打酱油了。"

"我的老乡啊，人家可是弓城最大的面馆，你看看洋火大街，再看看咱们这七里关，从地段来说，人家就甩了咱们十条街哪。"

"我的老乡啊，"吴成坤像模像样地学我，"我告诉你，洪家面馆能站住脚，靠的并不是洋火大街这片地方。"

"那靠什么？"

"来，我给你讲讲洪家面馆的故事。"

洪家的祖上出过一个宰相，是太子的老师，专挑皇帝不爱听的说。因为直言进谏，得罪了皇亲国戚，那些人一鼓噪，污蔑他要造反，把他发配到边疆去了。家里人因为他的没落，处处被人欺压，已经从原先的"洪宅"搬了出去，回到了故乡弓城。他的妻子孟氏为了拉扯儿女，便在弓城开了间小面馆，从此隐姓埋名。洪家面馆因为口味地道分量足，深得食客们的追捧。

等太子当上了皇帝，彻查了谗言妄语的小人，终于替洪公平了反。等洪公从边疆回到家乡，已经白发鬓鬓，他的儿子早就长大成人，女儿也已远嫁他乡。洪公和孟氏重逢后，两人便不再分开，他们一道经营面馆，过起了牛郎织女的日子。尽管当今圣上一再请他回朝出仕，他却推辞道："人老了，回不去了。"

据说，皇上遇到难办的国家大事要商量，便亲自到洪家面馆去请教。洪公去世的时候，皇上哀痛多日，但按照他临终遗言，丧葬之事全部从简而办。皇上亲自写了副对联赐给洪家："面不在其味，香者自香。人不在其位，清者自清。"

这副对子为皇帝御笔钦赐，成了洪家最大的门面。

每年立春，洪家便延续祖上的传统，在洪家面馆举办一场活色生香的"墨宝日"。届时，各路文化界的才子才女赋诗作对，斗文闹字，皇上御笔钦赐的墨宝，也将在立春时节重见天日。最后的赢家，将亲自上台将墨宝展开，带领各位才子才女一探墨宝。

到了墨宝日，吴成坤非要拉着我去见识见识。他说："知己知彼，百战百胜呀。"

那时，我和吴成坤已经对洋火大街了如指掌，我们去洪家面馆的时候，再也没有转向。我们潜入洪家面馆后，里面人山人海，挤得水泄不通。舞台子搭在正中央，一个个文人墨客争先恐后地上台，肩比肩地斗诗比文。洪二香站在中间，而吴成坤的仇人洪大毛正装腔作势地在他妹妹边上站着。

洪二香："墨香四溢。"

台下的人接："才高八斗！"

洪二香掩面而笑："十里春风迎新客。"

台下的人接："千里长堤送旧人！"

洪二香头发盘起如同春日摇曳生姿的花朵，她唇红齿白，眸若繁星，看得我这个面馆伙计有些发蒙。吴成坤在一旁叉着手，对我嘀咕："现在热闹有什么用？走着瞧，总有一天，洪家面馆是我的。"

第三章

一

　　自从我成了"英雄楼"一名光荣的伙计，就再没舍得入手什么好烟。

　　一来工钱上交白芸之后，所剩无几，我只好奉公守法，告诫自己要做个提倡节俭的好烟民；二来我一心想做擦玻璃队的神气队长，为此不惜血本，扔出去几包好烟，可竹篮打水一场空，这成了我不堪回首的辛酸往事。命运最不公平的是，和我并列倒数第一的吴成坤，那没爹没娘、蹭百家饭长大的臭流氓，居然成了我的掌柜，这给我稚嫩的心灵蒙上了一层猪油般的厚重阴影。

　　吴贵一死，吴小月一走，英雄楼那一公一母算是永远离开了这块风水宝地，留下我和吴成坤两个人继续艰苦奋斗。吴成坤答应我，只要白芸肯来搭把手，便给她开份微薄的工钱。鉴于我的房东三番五次地来找我催租，我认为这个主意不错。于是，晚上我回到那狭小的出租屋里，打算和我家的大明星好好商量一番。

我见她正认真地准备台词，便轻轻敲了一下她的肩膀。

"小婆娘，我要和你商量个事情。"

"啧，"她伸出两根手指推开我，"说了多少次了，别这么叫我。"

"大明星，可否和你商量件事？"

"嘘，等我背完台词再说。"

她着实进步不小，上次的台词是"皇上来了"，这次的台词是"多谢皇上开恩"，整整多了两个字。她对我说，她的明星之路已经有了突飞猛进的进展，那个星探告诉她，她很快便可以演皇后了。

只要不在我的兄弟面前出丑，只要她把面子给足了我，她怎么和我闹，我大多是可以忍受的。既然她现在不好伺候，我便乖乖地独自出去抽烟。等回来后，我问她："这回我能说话了吗？"

她生硬地对着我打了个哈欠："快睡吧，我还要去演戏哪，"然后，她狡黠地眯起眼说，"最近拍戏很忙，你们英雄楼的事，我可管不了啦。"

我家大明星日理万机、公务繁忙，她演戏的酬劳颇为"丰厚"，足足能给我买上好几个烧饼。

局势已经非常明显，英雄楼的重担，全部落在了我和吴成坤的身上。我每天起得比鸡早，睡得比猫头鹰晚。可是，这里的工钱和洪家面馆的一比，简直是蚂蚁和大象的差距，让我不太舒坦。

于是，找了个月黑风高的夜晚，我便把吴成坤叫来，和他好好谈谈工钱的事。

"吴成坤，这英雄楼就剩我们两个好汉了，我干的活儿顶好几个人的。你看……"我搓搓手说，"给我涨点工钱不过分吧？"

吴成坤不搭腔，笑眯眯地看着我说："涨工钱的事先放一边，这回你总得叫我一声大哥了吧。"

他见我不搭腔，便又怂恿我道："喂，你倒是叫一声呀。"

"滚！"

"这是我的地盘，我滚哪儿去？你要涨工钱，又不叫我大哥，天下哪有这种好事。"

我正盘算着值不值得为五斗米折一次腰，吴成坤却突然冲我屁股上给了一脚："你现在可是在我的地盘上干活。"

我实在忍无可忍："你个臭流氓，配做谁的大哥？好，你非要在我跟前耍威风，那我告诉你，老子不干了！"

我的余光看到吴成坤的头垂了下来，我又故意迈开腿，往前伸了伸。果不其然，吴成坤拉住我的胳臂说："来来来，兄弟，咱们有事儿好商量呀。"

　　"你给的工钱呢，相当于白抓了个壮丁。要不是看在老乡的分上，我才不在你这儿屈尊。"

　　吴成坤立刻得了便宜卖乖："没有我，你哪有工钱？"

　　"我有祖传的手艺，你有吗？"

　　他嘟囔道："那还不是沾了你祖宗的光。"

　　"别管我沾了谁的光，是我让英雄楼红火起来的，这你总得承认吧？"

　　我看到他极不情愿地点了点头。

　　"对我这样的人才，是不是该涨点工钱？我……"

　　没等我说完，吴成坤一手捂住我的嘴，一手猛晃着我的肩膀："对，咱们都是凤跃村的好男儿，你说得太好啦！"吴成坤激动地啪啦啪啦地鼓起掌来，"来来来，我要和你共商大计。"

　　"你的大计先放放，我的工钱……"

　　吴成坤胜在声高，很快就把我的话淹没了："人家都说好男儿志在四方，你呀，别老看眼前的蝇头小利嘛。"

　　"哎，"我眼看涨工钱没戏了，便无精打采地问他，"你又想弄什么乱子？"

　　"咱们一起破釜沉舟！"

吴成坤的吐沫星子直直地喷溅到我细皮嫩肉的耳朵上，我赶紧拿一指禅推开他："把你的破锣嗓儿拿开点儿。"

我看吴成坤一脸正色，不像是开玩笑，就等着看他葫芦里卖什么药。他从兜里掏出一张皱巴巴的图纸，上面画着歪歪扭扭的三层小金楼："我的'英雄楼崛起计划'要实现啦。我要把洪家面馆抢过来，让洪大毛永世不得翻身。"

看了他画得歪歪扭扭的小金楼，我早已冲他飞去万千只明晃晃的白眼。我对他说："你有这样的雄心壮志，我很欣慰。既然你不愿意给我涨工钱，就再招个伙计给我搭把手。你总不能眼睁睁看着我累死吧？"

我看吴成坤犹豫着不肯松口，便赶紧怂恿说："就算不为我想，也得为英雄楼的门面想想呀。人家一看这大名鼎鼎的英雄楼，统共才两个人，一点实力都没有，怎么上门光顾？"

"这么听来，倒是很有道理。那你说说，找男找女合适？"

"要从私心来说，我自然是想找个细皮嫩肉的小姑娘，可是，"我接着说，"姑娘家的，打不得骂不得，到头来还是咱们受累。我看，就找个你我这样的糙老爷们儿。现在是特殊时期，咱们先吃粗粮，再吃水果。"

我心中的小算盘早已打得响亮，等新人来了，我自然成了英雄楼的元老，到时候涨工钱就是板上钉钉的事了，吴成坤再也不好推托。

吴成坤听完我这个军师的良言，终于打算培养一个孔武有力的新伙计，作为我们的新晋大臣。很快，英雄楼的门上张贴了一份显眼的招工启事："本店诚意招工。要求：男，吃苦耐劳，可干粗活，待遇从优。钦此。"

二

招工启事贴出后，英雄楼的门口排起长龙大队。来应征的人听了吴成坤"待遇从优"的描述后，便无一例外头也不回地撤退了。吴成坤不满地对我发牢骚："唉，一个个都是懒虫，真是个精神颓废的年代呀。"

我摇摇头："你要试工半年，谁吃饱了撑的跟你干？哼，我敢打赌，你肯定招不到伙计。"

吴成坤正要反驳我，突然，一个响亮的声音响起："老板，要招工吗？"

吴成坤一听这声音，立马冲我神气起来："谁说我招不到？看看，愿者上钩，说来就来。"

我出去一看，来者眼熟得很，像是凤跃村的熟人。我再一看，来者哪是什么外人，正是吴成坤的弟弟吴金宝。他放下行李，对我眨了眨眼说："阿旺哥，好久不见，我要找你们英雄楼的掌柜吴成坤呀。"

吴成坤一听声音，急咧咧地跑到门边："吴金宝？你怎么来了？"

"就是我呀，我的亲哥！我来投靠你啦。"

吴成坤有些陌生地盯着他的面庞，似乎有些难以置信。这些年，他弟弟吴金宝长高了，竟然已经和他平齐。

吴成坤捋起袖子，突然破口大骂："吴金宝，你怎么没在学校读书？你这冷不丁地冒出来，动什么歪脑筋？"

"嘿，你可没资格教训我！你忘啦？你可是万年的倒数第一。实话告诉你，老子不读了，太没意思了。"

上一回我见吴成坤的眼里布满红色血丝，还是吴小月走的那段日子。看来这回，吴金宝真的把他哥惹急了。

"我早就是鹰头帮的大哥了，可是帮风不正，我的小弟们造反了，害得我混不下去。如果你不想让我杀人放火，就快收了我，让我跟着你在弓城赚大钱。等我风生水起的那天，再回去报仇雪恨。"

吴成坤把他从行李箱上又硬拽起来："你少在这儿充大个儿，给我回去好好读书。"

吴金宝轻而易举地便甩开了他的糙手。他自顾自地拉着行李径直跨过门槛说："啧啧，哥，好些日子没见，你的脾气还是那么暴躁呀。你在弓城吃香的喝辣的，快把我给忘了。

这次来就是要提醒你，你可是有弟弟的，你得对我负责呀。"

吴成坤见他心意已决，只好改变战术，语气缓了下来："我跟你说了多少次，知识改变命运。你读好了书，以后才有大出息，到时候给咱们吴家争光。"

吴金宝凑上一张厚实的脸皮："少拿'骆驼'那套来压我，什么知识改变命运，我耳朵都快起茧子了。我不走，我就不走。反正我没爹没娘，做个自在郎嘛。"

吴成坤这才发现，他的弟弟已经长大，说起话来也和他一个样子，而且，他引经据典的本事简直青出于蓝而胜于蓝。平日里张牙舞爪的吴成坤，竟然一时被他噎得说不出话来。

吴成坤抄起身边的扫把朝他捅去："吴金宝，看我不打死你！"

我见食客们纷纷朝我们这边好奇地张望，只好上前按住他的手："哎呀，打仗亲兄弟，上阵父子兵。既然他来了，你就扶持扶持他，咱们不是正好缺人手嘛。"

吴成坤眼里的红血丝又膨胀起来，他叹了口气挥挥手说："滚！给我滚得越远越好，马上从我跟前消失！"

吴成坤拂袖而去，吴金宝只好改变战术，跑来求我："阿旺哥，你劝劝他，让我留下吧。"

"你也是，怎么突然想起跑弓城来了？"

"那些同学都出去打工了，我怎么能比人家落后？我这哥也太自私了，让我苦苦读书，他自己在这儿挣大钱，没有这个道理呀。"

"你哥是为你好。"

吴金宝直冲我挥手："什么为我好？他不就怕我是个累赘，打扰他赚钱吗？"

"那你可冤枉他了。他对你这个亲兄弟，可真是没的说。你想想，你上学的钱从哪儿来？不都是你哥挣的嘛。"

"我知道。可我不想一个人留在凤跃村。"他叹了口气道，"哦，差点忘了，这是秀莲姨让我带给你的。"

他从破旧的包里掏出一个信封和一双绑好的布鞋，对我笑了笑说："我羡慕你呀，有娘真好。"

我回屋拆开我娘的信，顺便试了一下那双布鞋。

阿旺，我托吴家弟弟给你捎信了。我挺好，不用挂念我。面馆的生意不好不坏，和往常一样。对了，我让成裁缝给你做了一身新衣服，还没做好，等你回来试试。给你做了一双布鞋，别冻着脚（我是你的老师，这是你娘让我帮她写的。她过得不错，就是很挂念你。我们都希望你过年回来）。

我正在试我的新布鞋，听到屋外传来一阵鬼鬼祟祟的脚步声。吴成坤把我的门推开说:"阿旺,这回你得帮帮我,快把我那个不争气的弟弟弄走。"

"我看难,他怕是赖着不肯走啦。不过我不明白,跟着你闯荡有什么不好?你何必非要赶他?"

"我答应过我爹娘,我们兄弟俩要好好读书。我自己做不到,可他必须做到。"

我听他这么说,简直哭笑不得:"你可真霸道。你上梁不正,还指望下梁直得冲天?"

"你记得'骆驼'老师那句话吗?他说过,知识改变命运。"

他那句无趣得令我发指的口头禅,突然闪电般地直击我的心房:"同学们,知识改变命运,知识改变命运呀。"

"这是真理,但我做不到,唉,所以我从不承认这是真理。"吴成坤接着说,"兄弟,帮我一个忙,明天,你带他在弓城里转转,圆他一个心愿,完了赶紧把他弄走。他得回去读书,我不愿对不起我死去的爹娘。"

三

我受吴成坤之托,一早就把吴金宝叫醒,带他去弓城四处转悠。他一听说去玩,便像个姑娘似的亲昵地喊我"阿旺哥，阿旺哥"。我想，要是个姑娘喊我，就舒坦多了，可这样一个胡须浓重的大老爷们儿，只能惹得我头皮发麻。

我站在王爷府前对他说："这屋子，以前可住着正儿八经的王爷哪。"

"这围墙可真高呀，咱们翻得进去吗？"

"等你再长个十米，我保证你能翻进去。"

"阿旺哥，我好羡慕王爷呀。你说，王爷的后宫和皇帝比，谁厉害？"

"不知道。你呀，和你哥一样，都是色坯。"

我带他在王爷府里过了瘾，本以为算是交差了，谁知他又嚷嚷着要去红坛公园赏花。我只好再带他杀到弓城的西郊，任由他和一群迎面而来的陌生女孩滔滔不绝地攀谈，在这期间，他压低了声音问我："你看谁的屁股最大？"

红坛公园春风四起，他的话一顺风，便顺到女孩们的耳朵里了。那个屁股最大的，义正词严地给了他一记响亮的耳光，然后便掩面撤退了。

他脸上挂着红印，对我说："有两个地方，你要是肯带我去，我就拜你为师。你要我做牛做马，我都心甘情愿。"

"王爷府和红坛公园可都去了，你还没玩够？"

他冲我嘿嘿笑道："学无止境嘛。听说七里关有两个地方，号称全关最乱。一个八爷赌庄，一个暖香楼，我一定要去开开眼界。"

"不行，那可是七里关最乱的地界。你哥要是知道，非得扒了我的皮。"

"算了，我不为难你。我自己有手有脚，又不是非得靠你。反正我打算在这儿驻扎下来了，留得青山在，不怕没柴烧嘛。"

等我们快走到英雄楼的时候，发现吴成坤远远地候在金色牌匾下，正焦虑地踮脚张望。他一看见迎面而来的我们，即刻破口大骂："你们两个去哪儿了？被狼叼了还是被猪拱了？"

我陪吃陪喝了一天，腿肚子酸胀得要命，我蹬了蹬腿道："吴成坤，你别狗咬吕洞宾，不识好人心！你这弟弟是金子做的，真难伺候！"

过了一会儿，吴成坤迈着猫步来向我赔罪，我扭脸懒得看他，他便搭上我的肩膀说："行了，大老爷们儿，别像个受气小媳妇儿似的。咱们大度一点，行吗？"

他见我不理他，就自顾自地说："哎，七里关多乱你是知道的，我是怕你们出事。要是惹了八爷帮的人，只能是叫天不应，叫地不灵，我可救不了你们呀。"

我转了转眼珠说："要哄我也不是没有办法。你把我的工钱涨了，我就不和你计较呗。"

"行了，我的受气小媳妇儿，早点睡吧，"他一边往后退，一边佯装伸了个懒腰说，"明天你得好好配合我，我要赶他回去读书。"

第二天，等吴金宝吃完我的热汤面，吴成坤便不住地冲我使眼色。

我心领神会地点头，朝着吴金宝问："这弓城你绕得差不多，也算轻车熟路了，打算什么日子走？"

他得意扬扬的脸浑然一变，哭喊着扑在吴成坤面前："爹娘把我托付给你，你得好好照顾我呀，亲哥，我离不开你呀。"

吴成坤看他泪如小溪，便赶紧黑着脸推他："你给我回去读书，读好了再说。"

"哥，我的亲哥，我不舍得你。我得和你并肩作战，为你的英雄楼出一份力。"

吴成坤看了看被扯得皱巴巴的裤子，仰天长叹道："爹、娘，我尽力了，孩儿不孝，可我实在是没办法呀。"

吴金宝留下来后，我很快就发现仁慈之心用错了地方（实际上也是我想过清闲日子的私心）。

我成了吴金宝第二个"爹"。

吴金宝穿着他的丝绸衣裳调戏漂亮的女客人时，我得硬着头皮去挨骂；吴金宝喝醉了酒在店里撒泼打滚，我得弯着腰收拾酒瓶子；当我建议吴成坤将这个瘟神送走时，他的话竟让我无语凝噎，难以反驳："哎呀，打仗亲兄弟，上阵父子兵，咱们要打胜仗，只能留着他了。"

吴金宝来了之后，英雄楼旁边又开了两家大饭馆，我们被左右夹击，却没有一点办法。随着生意越发萧条，那块金色牌匾也日渐蒙上厚重的尘土，这期间，我们的房东又来了一次，催促我们预交明年的租金（吴贵的租期到今年年底）。

那房东阿姨说："孩子上学要钱，男人瞧病要钱，我也是没办法，才给你们涨租金的。"

吴成坤支吾道："姐姐，咱们这么多年交情，不能商量了？"

她一摊手道："话说到这份儿上，姐姐就和你开门见山了。东头的腊味，西头的老汤，租金都比我这儿高。要再这样，我只能换个会做买卖的租客啦。"

吴成坤只好嘴上允诺她"尽力办妥"，等她走后，吴成坤问我："阿旺，你看我用美男计如何？"

没等我表态，他自己便捏着太阳穴道："罢了罢了，那姿色，我实在下不去手呀。我宣布，英雄楼已经到了生死关头！我宣布，各路人马集合，开——会！"

等我和吴金宝到齐，吴成坤便拍桌子道："各位好汉，咱们现在被人左右夹击，你们有什么好办法吗？"

"好办！哥，明天我就去把东头西头给拆了！"

"你给我坐下，否则我第一个先把你拆了。"他沉默了半晌后说，"各位，为了'英雄楼崛起计划'，我最近要出去刺探敌情，你们两人把面馆看好，随时听我指令。"

吴成坤说完这话，便从此神出鬼没，我和吴金宝也不知道他是着了什么魔。他日日早出晚归，身上总带着一身的香味和酒气。

"吴成坤，你葫芦里卖的什么药？这买卖还做不做了？"

可他总是装疯卖傻地冲我傻笑："我去刺探敌情呀。"

他话虽如此，可明明看到他去"八爷赌庄"逍遥，还去半老徐娘扎堆的"暖香楼"快活，一点没有凤跃村好男儿的样子，我想，他早就把"英雄楼崛起计划"抛之脑后了。

"吴成坤，你这生意不做了早点告诉我，我好找下家，你可别误了我的前程。"

"放心，咱们马上就要发财啦。发财，发财……"

四

在我们最拮据的时刻，他常常梦到吴小月，并声情并茂地叫喊她的名字："小月，等等，等等我！"然后，他便在月明星稀的夜里醒来，呆滞地对我说道："我梦到小月了，她过得不好。"

我迷迷糊糊地应了一声:"别闹了,睡吧睡吧。"

"她一走,我就在后面追,我一醒来,小腿竟然抽筋了。"

我对他说:"天涯何处无芳草,暖香楼里那么多姑娘,你拣一个就是了,别总打扰我的美梦。"

之后,他流连在"暖香楼"的日子便越来越多,他在其中发掘出了暖香楼的瑰宝"阿梅"——她也有一对番瓜似的大胸脯。最特别的是,暖香楼里唯独她一人卖艺不卖身,她琴棋书画样样精通,作诗对赋也不在话下。

吴成坤说:"阿梅对我讲话的时候,温柔得好像吃了蜜,她肯定是对我有意思。"

"呸。她收了你的钱,当然对你有意思,这叫作职业素养。"

"不,她和暖香楼那些人不一样。"

"有什么不一样?你以为自己还是穿开裆裤的小男童呀?"

吴成坤不理我的嘲讽,叹了口气说:"可惜她是八爷的女人,我肯定是没戏了。而且说到弹琴下棋,作诗对赋,我一样都不会。"

"有什么好可惜的?暖香楼那种女人,遍地都是。"

吴成坤摩拳擦掌地自言自语道:"你懂什么?我的意思是,好白菜都被猪拱了。那八爷哪里好?比我可差远了。"

我望着吴成坤惆怅郁闷的样子,不禁嘻笑道:"你说得没错，你和八爷是差远了，你的票子可比人家少多啦。"

自从认识了阿梅，吴成坤做春梦的毛病像得了一副灵丹妙药似的好了许多，他梦见吴小月的次数越来越少，不再于夜里惊扰我的睡眠。

我们东头的腊味，西头的老汤，让我们流失了许多食客。既然生意越来越难做，我想，等到吴金宝能把英雄楼的活儿干利索，我就拂袖而去，转战到洪家面馆做工。那里的工钱是弓城第一，为了我和白芸的未来，我不得不另做打算。况且，作为一个善良的老乡，我帮他的已经够多了。

最关键的是，我对他所谓的"英雄楼崛起计划"毫不看好。一来，我们和洪家面馆的差距实为一个天，一个地，这叫天壤之别；二来，他对阿梅那种风尘女子的迷恋，让我实在无法相信他还能有什么大作为。

等到我将基本的技艺传授给吴金宝后（除了我家的祖传热汤面秘方），我便打算向吴成坤请辞。我想，要成为百万富翁，就要自立门户，不能再稀里糊涂地过安逸日子。

我原本对吴成坤这样的臭流氓不抱任何希望，可出乎意料的是，他当上掌柜之后，果真让我刮目相看。我记得那天是个阴雨绵绵的日子，吴成坤回来得比往常都早，他兴高采烈地一推门，便四处找我："阿旺，阿旺！我有好消息要告诉你！"

他身上那股酒味呛得我发晕，我赶紧嫌恶地推开他说："你个酒腻子，离我远点。"

"哎呀，今天高兴，多喝了两杯。阿旺，咱们的崛起计划有戏啦。"

"怎么说？"

"你猜我在八爷赌庄碰见谁了？"

我捏着鼻子道："少在我面前卖关子，有话直说。"

"嘿嘿，我见到洪大毛啦。"

"那有什么稀奇？人家是洪家少爷，财大气粗，赌个万儿八千的，不就跟玩儿一样嘛。"

"碰见他倒是不稀奇，但不可思议的是，那财大气粗的孙子冲我借钱哪。"

"什么？洪家少爷冲你——吴成坤——借钱？"

吴成坤小心翼翼地凑到我的耳朵跟前说："洪大毛一看身上的钱输光了，就冲旁边的人借赌资，说是给三倍的利息。我一听这话，马上慷慨解囊，现在，我可算是他洪大毛的大债主啦。"

"这洪大毛真是狗胆包天，难道他不知道你是他的仇人？"

"洪家面馆的伙计多如牛毛，他呀，早就把我这种小喽啰给忘了。况且，我现在是老板了，"吴成坤抖了抖身上的绸缎衣裳对我说道，"他想把我认出来，恐怕也不是件容易的事。"

"那你接下来如何盘算？"

"现在是万事俱备，只欠东风呀。来来来，我给你好好讲讲'英雄楼崛起计划'……"

吴成坤贴上我的耳朵说完后，从怀里掏出一个布包，递给我一只金镯子说："你火速把这个给阿梅送去，不得耽搁。"

以往，我对暖香楼这种地方是稍有抗拒的。不是因为我不喜欢莺歌燕语的热闹地方，而是因为我囊中羞涩，穿得也不打眼，总怕被花枝招展的姑娘们笑话。我去找阿梅的那天，故意擦亮了一双存放已久的布满尘土的皮鞋，它曾经被我无比珍视，直到如今放得成了一双老古董。我的白色衬衣一直压在箱底，衣角的边缘已经像咸菜干一样皱巴，无论我怎么拍打，都难以复原。

"你找谁？"

"我……我找阿梅。"

那姑娘打量着我身上皱巴巴的衬衣，斜眼瞟了我一下说："阿梅在洗头，你找别人吧。"

我摇摇头道："不，我就要找阿梅。"

姑娘斜眼望着我，似笑非笑："呦，还挺痴情。阿梅，阿梅！又有人点名要你哪！"

我第一次看到阿梅的时候，就被她的眸子深深撼动。它们犹如秋天的水杏仁，眼角上方有一颗委屈的泪痣，看上去楚楚可怜，像是抽泣过。她的黑发滴滴答答地往下滴着水珠，眼角自然而然地缠绕着几缕湿漉漉的发丝，底下的胸脯像两个番瓜瓜，沉甸甸地挂在胸前，看得我面红耳赤。不过，她已经不年轻了，鱼尾纹细琐地伏在眼角处，脖子也有些干燥。

"久仰大名。你就是阿梅？"

她一边擦头一边说："请您稍等，我刚洗完头。"

等我到了她的闺房，她攥着滴滴答答的头发道："有一点我得向您说清楚，我是卖艺不卖身的。"

我的视线连忙避开她的大胸脯，点点头说："那是当然，谁会和八爷过不去？"

"下棋弹琴，对诗作赋，您喜欢哪一样？"

我将手里的布包打开，把明晃晃的金镯子递给她说："我今天来，是受我们掌柜之托。"

阿梅接过镯子用牙咬了咬，又对我抛了个媚眼说："这镯子倒是不错，不过，这普天之下，没有白来的午餐。打开天窗说亮话吧，你们掌柜的葫芦里卖的什么药？"

我贴上她的耳朵，仔细向她转达了"英雄楼崛起计划"的精神要义。

五

自从我把金镯子给了阿梅，我和吴成坤便成了她的远房表哥。在她口中，我们几个打小相识。为了帮衬"表哥们"的买卖，她便总拉八爷到英雄楼品尝我的祖传甘峡热汤面。

"八爷，我这表哥和你一样，可却比你更苦。你年幼丧父，他呢，打小就是孤儿，你们俩肯定能成好兄弟。"

"穷人的孩子早当家，"八爷大口地吸溜着我那筋道的热汤面说，"你是阿梅的兄弟，也就是我的兄弟。往后，谁对你不客气，那就是对我不客气。"

阿梅顺势挽了挽八爷的手臂说："他最大的仇人，就是洪家面馆那个洪大毛。哎呀，那个家伙丧尽天良，我表哥在那里做伙计，他就鸡蛋里挑骨头，把他欺负得好惨，差点命丧黄泉。"

"那洪大毛看着人模狗样，怎么会是这等败类？"

"知人知面不知心哪。还好我表哥福大命大，逃出生天，总算白手起家开了这英雄楼。"

从阿梅口中我们得知，八爷打小就没了爹，只剩下一个孤苦伶仃的守寡老母。吴成坤凭着他风雨飘摇的孤儿身世，加上免费供应的好酒好面一通搅和，很快，这两个身世如浮萍般的凄苦人，便在短时间内成了一对要好的酒肉兄弟。

有了阿梅的鼎力相助，八爷逗留在英雄楼的次数也越来越多。到后来，他的手下"萝卜头"等人，也都和我们混得倍儿熟。吴成坤眼看时机已到，便向八爷斟上一杯酒道："八爷，实不相瞒，我有个买卖上的事儿，想和你请教请教。"

阿梅冲我们挤眉弄眼，赶紧弹了一下八爷调皮的胡子道："八爷，表哥可是很有抱负的人，你可别小看了他。"

八爷喝着英雄楼的免费好酒，早已东倒西歪，飘飘欲仙。他大放厥词说："掌柜的，你有话直说！只要有我八爷，不愁没你好日子过！"

"我这英雄楼开了有几年光景，我也攒下了一些家底。可是，我这心里哪，总有个心结。"

"说吧，小兄弟，是谁让你想不开了？"

"八爷听过洪家面馆吧？"

"废话，弓城第一面馆，谁不知道？可在那里吃面，总觉得心里拘束，我一个粗人，还是喜欢来你们英雄楼。"

我也顺便陪着一杯白酒下肚，心里想道："哪里是觉得洪家面馆拘束，分明是我们为你提供免费好酒，你再不说上点好听的，岂不是太不会做人了。"

"八爷，我这伙计的手艺，你看如何？"

"我八爷什么没见过？上刀山下火海，喂过猪放过羊。"他顿了顿说，"但我敢说，从没吃过这么地道的热汤面。"

"那是当然，我这伙计是祖传的手艺，是我们凤跃村的一绝。"

"怪不得！筋道弹爽，过一会儿还口有余香。"八爷冲我伸出大拇指，"好面，好面！"

吴成坤话锋一转："八爷，咱们都是苦命人。我打小没爹没娘，一个人带着我可怜的弟弟，靠着别人赏的百家饭长大。"

"是，咱们都是苦命人。"

"我吴成坤不怕天，不怕地，就怕被人灭了志气。八爷，我曾经跟你说过，我在弓城有个仇家，你记得吗？"

"说吧，谁这么不长眼，把你给得罪了？"

"还能有谁？就是那不长眼的洪大毛。我吴成坤打小没爹没娘，但我绝不能白白让别人欺负！"

"这样，我带着八爷帮的人去狠狠揍他一顿，你总该解气了吧？"

"揍？"吴成坤摇摇头说，"那可太便宜他了。眼下有个大好机会，"吴成坤把手搭在八爷肩头信誓旦旦地说道，"你要是信得过我这兄弟，咱们就大干一场！"

阿梅娇嗔道："表哥对你仰慕已久，早就想找你谈谈大买卖。既然是自家人，你可得多照顾照顾呀。"

"没问题，你有话直说。你想怎么做？"

"我要洪大毛把洪家面馆输给咱们。只要你在赌局上设一个小小的机关，咱们的千秋大业就成啦。"

八爷面露难色："可那洪大毛输金输银，也不会把祖宗的面馆输给我呀。这恐怕不好办吧。"

"只要八爷和我联手，我自有办法。事成之后，咱们把洪家面馆分成两半，你一半，我一半，如何？"吴成坤不忘转过来拍拍我的肩膀道，"有了我这伙计的祖传手艺，就怕咱们数钱数得手软哪。"

等吴成坤和八爷达成协议后，我终于挺着装满白酒的肚子回了家。我边跳边唱地进了家门，腥臊的白酒味与阿梅的脂粉味混在一起，使我和白芸的家园变得一片浑浊。

白芸戳着我的脊梁骨道："臭酒鬼，和谁喝酒去了？"

我胃里着火，便脱了上衣挥舞，嬉笑着喊道："爹，你儿子是百万富翁啦！"

"臭酒鬼，你给我过来，我有话对你说。"

"改天，改天再说。"

我灼热的背部挨了她狠狠的一掌："你的小婆娘要成明星啦，你高不高兴？"

"明星？"我翻过身去，"洗洗睡吧，明天我还得陪八爷喝酒呢。"

"你先别睡，我的台词练得可好了，你帮我听听。皇——上——来——了！恭——迎——圣——驾！"

这是小婆娘给过我最苦的差事了，几个字的台词，非要我听出语调、神态、感情、精神，真比登天还难。我喝酒喝得头痛欲裂，心中又憋着一股郁郁不得志的愤懑，说起话来就像唇上长了倒刺："就几个字的台词，有啥可练的？真当自己是个腕儿？"

　　我看她不说话，马上就意识到自己祸从口出。我连忙拱手求饶："大明星，我在外头陪了一天的酒，现在还烧胃呢。求求你啦，今天放过我。"

　　我对她求饶后，便像一条被搁浅的死鱼般趴在床上一动不动，很快便沉沉睡去。

　　夜晚，我被一阵尿意憋醒，我睡眼惺忪地正要爬起来释放膀胱内的存货，却不经意听到一阵低沉的抽泣声。我身边的被子被掀了起来，变得空荡荡的，我的小婆娘也不知所踪。我再一看，窗户边上有个人影，正托着下巴呆滞地盯着明晃晃的月亮。

　　"一个人赏月呢？这三更半夜的。"

　　白芸看我来了，便故意把脸扭到另一头去。她的侧脸被月光洒满，一滴珍珠般的泪水滑落在苍白的面庞，异乡呼啸的风声，几乎将她微弱的抽泣声淹没。

　　"你怎么了？"

　　她用手背轻轻拂去脸上的泪水，几缕发丝散落在小巧白皙的耳朵旁，继续保持沉默。等我贴近她的面庞，才发现她的眼睛肿得像两颗新鲜大核桃。我上前一把将她拦腰抱起："小婆娘，你到底怎么了？"

她看着月亮问我："记得你最喜欢的那首诗吗？"

"记得。床前明月光，疑是地上霜。举头望明月，低头思故乡。"

"你就会这么一首诗吧？"

"我……哎呀，一首就够了，几千年也不过时嘛。"

她轻轻撩起耳边的头发说："快过年了，我要回凤跃村看看。"

"好呀，咱们到时候风风光光地回去。"

"不，既然你不爱我了，我就自己回去吧。"

我被她说得丈二和尚摸不着头脑，我心想，这女人和男人的脑袋，是不是真有天壤之别？

"哎呀，我怎么就不爱你了？"

"你不相信我能做明星，对吗？"

"你们女人就是这样，总爱瞎想。我看你呀，入戏太深，走火入魔了。"

那天晚上，我抱着她沉沉睡去，我的胸口浸满了冰凉的液体。但我在白酒的催眠下，很快便没了动静，至于我的小婆娘是如何睡去的，我也浑然不知。

六

从白芸那晚哭过后，我便常思己过，可我实在想不通错在哪里。我想，无论我犯了什么罪，都要好好赎一赎。我和白芸是同年同月同日生的，这意味着一旦我的生日临近，她的生日也将悄然到来。借着这个好时机，我打定主意要对她进行糖衣炮弹的战略进攻。

我自认为女人都爱花，因为我常见女人穿着花裙子招摇过市，却很少看见身穿花裤子的男人。于是，我到花店为她选了九朵最红的玫瑰，在太阳下山之前，我向吴成坤说："今天我有要紧事，先走一步。"

他见我手里捧着一把赤诚的玫瑰，便酸言酸语道："去去去。你会你的小情人，我找我的好阿梅，咱们各不耽误。"

那天，我等她到半夜，屋里安静得连掉根针都能听到。我估摸着她是去找她的星探了，于是我便靠在椅子上等她。直到我的眼皮打了好几轮架，也没等来她，我便不自觉地进入了梦乡。梦中，我爹根生拿他的鸡毛掸子追我，他边追边喊："龟儿子，龟儿子！"

我边跑边笑："我要是龟儿子，那你是什么？"

像很久以前那样，他的鸡毛掸子开始鞭策我的背脊。

"别打啦，别打啦！"

我疼得嗷嗷直叫地醒过来，却发现我爹没了踪影。原来，我已经离开凤跃村好几年了。此刻的我，正孤独地置身于空荡荡的屋子里。

我抹去脖颈上的汗水，脚心也湿透了。虽然弓城的风干燥而猛烈，可说来也怪，我离开凤跃村后，却多了个爱出汗的毛病。我怕一身汗味会吓跑我的小婆娘，便连忙进屋去换衣裳。

我们的床上只剩下单只孤零零的枕头，她的鞋也随之销声匿迹，等我拉开衣柜后，我最钟爱的那条白色裙子，连同这个女人的其他衣物，也像人间蒸发一样凭空消失了。

然后，在我普天同庆的生日那天，我得到了一件意外的礼物——白芸失踪了。

我急急忙忙赶到英雄楼，吴金宝被我的敲门声吵醒，睡眼惺忪地问："你不是去会情人了吗？怎么跑到这儿来吵我睡觉？"

"白芸来过这儿吗？"

"莫名其妙，你的情人不是一直跟你在一起吗？"

"你哥呢？"

"他去见暖香楼的阿梅了。"他对着我打了个不情愿的哈欠，"你到底有什么事？你们两个逍遥快活就算了，还不让我睡个美觉。"

“出大事了。”我上气不接下气地说，“白芸失踪了。”

白芸在弓城没什么朋友，常打交道的也就我们几个，除了做巡警的成豆豆、在天桥下给人看相的拐子李，就再也没有在弓城的凤跃村人了。

我把他们叫出来后，赶紧上前按住成豆豆的手：“成结巴，你最近见着白芸了吗？”

他推了推我说：“什么成结巴，去去去，我现在说话可比泥鳅还滑溜。你听着——吃葡萄不吐葡萄皮，不吃葡萄倒吐葡萄皮……”

我搓了搓手说：“好好好，你现在牛气了，行吧？成大警官，我想问问你，见过白芸吗？”

“自从你把她带走，我就再也见不着她了。你呀，居然还有脸问我呀。”

“要不你再好好想想？咱们凤跃村出来的，除了我们几个，就数你和拐子李。”

“我骗你做什么？我确实没见过她。对了，”成豆豆话锋一转，笑眯眯地对我说，“听说你现在是吴成坤的伙计啦？”

我擦了擦豆大的汗珠说：“我知道你想看我笑话，可现在真不是时候。实话告诉你们，白芸她失踪了。”

“失……失……失……踪？”

我用力点点头：“这可是人命关天的大事。你们谁见过她，一定得告诉我。"

"你这么一说，我倒是想起来了，我见过她。"拐子李在一旁不慌不忙地插话。

"她见你做什么？"

"她来找我算过命。"

"什么时候的事？"

"估摸着一个礼拜前。她让我替她算算，什么时候能演上皇后。"

"然后呢，她去哪儿了？"

"这个嘛，我就不清楚了，她可是只字未提。"

我落寞地回到家，折腾了一圈，我的眼皮打架，却怎么也睡不着。突然，我发现墙角扔着一封信。等我急急忙忙捡起来后，看见上面一行清新秀丽的小字写道："阿旺亲启"。

七

阿旺，当你见到这封信的时候，我已经走了。我知道你一直都不相信我能做明星，你从心底看不起我。

你错了。

我不再是丫鬟了，我很快就要当上皇后了。

不要再来找我。

如果你还想和我好，就等你成了真正的百万富翁再说吧。

我不知道她什么时候居然要当上皇后了，我记得她的台词从没超过十个字，我记得她总是一脸委屈地对我说，演皇后的女人和她比起来，简直差了十条街。

我走进屋里，屋子空得像打完仗的城，两件早已风干的乳罩挂在铁架上摇摇欲坠。我把它们从衣架上小心翼翼地扯了下来，我想，这大概是白芸留给我最后的"遗物"。

我的瞳仁中冒出两股炽热而忧伤的火焰，我的胃部绞痛，额头上不断沁出细密的汗珠。我一直觉得这个小婆娘虽然透着狡黠的坏笑，但大体上还是跟我过得很幸福。我记得她在我的身下迷离地望着我，我记得她的指甲嵌入我壮实的臂膀里，我记得她愿意和我睡觉，她看上去是快乐的。我曾经天真地想，我和她同年同月同日生，我们是命里定的，谁也拆不散。

白芸走后，我便失去了自理能力，我的生活一塌糊涂，成了没人管没人疼的野娃。我的衣服总是四处散乱，饭里常常长出细密的霉菌，蚂蚁爱上了我家，在这里安家扎营，叫嚣着要和我平起平坐。面对这样的日子，我去一个小发廊找了个手脚最麻利的小哥，我看着他的光头说："来吧，给本王剃成你这样的。"

剃去我的三千烦恼丝后，我便盘算着怎样能快速成为百万富翁，然后业霸春秋，扬名立万，最重要的是，能让我当面给白芸一个下马威。我要凑到一百万，将猩红的票子扔在她面前，对她说："小婆娘，跟我走，我才是货真价实的百万富翁。"

那段时间，我一遍又一遍地读着枕头底下的《三国演义》《孙子兵法》，我看到"乌江自刎""霸王别姬"的故事，便不禁掉泪。

等到我听我娘说，白芸过年要回家，我便再也无法坐以待毙。思考良久，我终于硬着头皮，顶着亮蛋敲开了吴成坤的门："吴成坤，我想和你借钱。"

"借多少？"

"一百万。"

吴成坤听了我的话，顿时刹住笑容："你疯了？"

"我要做百万富翁。"

"兄弟啊，你叫我大哥也没用。"吴成坤咂吧了一下嘴，"天涯何处无芳草，看你会找不会找。把她忘了吧，以后，我给你找个小月那样的好女人。"

我有自知之明，这是鸡蛋碰石头，可我早已四面楚歌、走投无路。等在吴成坤那里败下阵来，我便彻底心如死灰，打定主意要浪迹天涯。英雄楼毕竟是我和白芸待过的地方，这里的一草一木，动不动就让我的心抽搐不已。收拾细软和打点行装的同时，我对吴成坤请辞道："吴成坤，正式通知你，本王不干了。"

"你要离开英雄楼？"

我冲他点了点头道："本王要去浪迹天涯。"

吴成坤眯起眼看我："你现在叫我一声大哥，还来得及。"

"滚！你不是我大哥，以前不是，现在不是，以后更不是。等我成了百万富翁，你可别哭着求我。"

吴成坤听我这么说，也不反驳我，只是笑眯眯地拿出一张纸，在我眼前晃来晃去："你看看这是什么？"

我定睛一看，一张按了红手印的赌契，正牢牢攥在吴成坤的手中。

"看看你那副儿女情长的嘴脸，能做什么大事？你再仔细瞧瞧，这到底是什么？"

"这是……洪家面馆的赌契？"

"没错，洪大毛那狗东西的赌契！"吴成坤对我得意地抬了抬下巴，"洋火大街上的三层小金楼，以后就是我的啦。"

"可是，"我对吴成坤手中的赌契半信半疑，"他怎么肯拿祖宗的面馆做赌注？"

"我之前日日潜伏在赌庄，他的狗脾气，我早就摸得一清二楚。他这种亡命之徒，只要你愿意挖坑，他自然会乖乖往里跳。"

"天下真有这么傻的人？"

"我和八爷先让他赢了整整一百局，一局不断，那八爷赌庄里，人人都喊他作赌神。至于这之后嘛……你说，这事情还难办吗？"

我抢过赌契仔细瞧了瞧，上面的的确确按着洪大毛的红手印。

"阿旺，等咱们把三层小金楼一收，你的一百万还愁吗？"

八

我跟着意气风发的吴成坤赶往洋火大街，按照吴成坤的说法，我们拿赌契换房契，一切都简单得顺风顺水。

洪二香正忙着招呼客人，一看我们来了，便迎上来说："呦，这不是英雄楼的老板吗？来来来，坐。"

"咣当"一声，吴成坤把腿往桌上一放，吹了声口哨说："把你哥洪大毛给我叫来！"

洪二香倒是沉得住气，面不改色心不跳地低语道："这新皮鞋倒挺亮，但放在这儿，恐怕不太合适吧。"

"你们洪家面馆已经归我了，我干什么你也管不着。今天，我就是来收回这小金楼的。"

洪二香冲他眨巴着水汪汪的大眼睛："我没听说这回事呀。"

吴成坤把赌契往桌上一拍，高声喝道："别给我耍花招，我有你们洪家的赌契，上头可有你哥洪大毛的手印。"

"那是我哥的事，我不知情呀。你们再不走，别怪我不客气。"

"你们是一家子的，你会不知道？你赶紧把房契交出来，否则……"

没等吴成坤说完话，几个身强力壮的伙计立马将我们围剿起来，我和吴成坤挨了雨点般的拳头，自知势单力薄。为了保住赌契，我们想尽一切办法速速撤离。最后，他护着赌契，我护着他，我们俩精疲力尽，一路颠簸，终于杀出重围。

吴成坤受了惊吓，便再也不肯下地，改为慷慨激昂地在床上"指点江山"。

"你们两个快想办法，一定要把房契要来！"

"哥，咱们叫上警察，把他们给抄了不就得了？"

"你个猪脑子呀，八爷赌庄做的是正经买卖吗？你找警察，咱们这三层小金楼还要得来吗？我现在是动不了啦，你们可要给我报仇雪恨，"他咬牙切齿地说，"'英雄楼崛起计划'，就暂时交给你们了。"

我们悻然转身，他叫住我们说："再嘱咐一句，你们明天把赌契藏在脚底板，以防不测，千万不能让他们抢去了。"

第二天，吴金宝拉着我喝了点白酒壮胆，我们捋起袖子，佯装凶神恶煞地往洪家面馆走去。我们俩一脚把门踢开，大喝道："掌柜的，出来！"

洪二香长发披肩，一双桃花眼似笑非笑、水波流转，一对弯月眉挂在白皙的脸蛋上，犹如画中之人。她循着脚步声到门边招呼说："二位吃点儿什么？"

"少废话，房契交出来！"

洪二香眨眨眼："哦，原来是英雄楼的金宝公子呀。今天是我们洪家的墨宝日，大家都在斗诗比文，酒水免费无限量畅饮，喝多少都行哪。我看你们两位酒量了得，何不进来热闹热闹？"

我竖起耳朵听，里屋约莫有五六个人，听那架势，应该正眼红脖子粗地飙酒呢。

吴金宝挤上一脸坏笑："你们先把房契交出来，我就赏个脸，喝两口。"

洪二香一听这话，冲他抛了个飞勾勾的媚眼道："金宝公子，你胆识过人，一看就是好酒量。别着急，先喝酒，再谈买卖。"

我一看那水灵灵的媚眼，心里一紧，一种不好的预感像电流般袭过脑门儿。果不其然，吴金宝即刻兴高采烈地跳到火坑里，一捋袖子说："嘿嘿，有意思，这个热闹我凑定了！"

我警惕地扯住吴金宝的衣袖低语道："有什么好凑的？赶紧拿了房契走人。"

洪二香见我俩拉拉扯扯，扶了扶太阳穴，叹口气说："看金宝公子一表人才，唉，原来酒量不行呀。"

吴金宝一听这话，一把甩飞了我的糙手："你哪儿凉快哪儿待着去，本少爷酒量好着呢，"他偷偷贴上我的耳朵说，"拿了房契，还落一顿免费酒，这小娘们儿呀，真是头发长，见识短。"

洪二香拉开一扇刻着闲云野鹤、青葱松柏的屏风，欠了欠身子，请我和吴金宝进去。里面几个壮汉在这腊月的飘雪天里脱光了上衣，露出一身狠膘，茄子似的脸上汗如雨下，一个个喝得东倒西歪，两眼通红。洪二香手里拿个小锣，当当当一敲说："有两个小哥来捧场，给他们让个座！"

壮汉们齐刷刷地抬头看了一眼我和吴金宝，极有默契地把我们推搡至一堆膘肉中间。壮汉们用牙驾轻就熟地把酒盖一掀，咕噜咕噜地往大碗里倒酒。洪二香对我抛了个媚眼，从容自若地退到一旁观望。我环顾四周，清一色腰壮膘厚的圆脑袋大汉，我赶紧压着吴金宝跃跃欲试的身子，低语道："这是计。"

吴金宝瞳仁里只顾冒着兴奋的火，一把将我推开说："灰货，你给我一边儿去。"

吴金宝端起大碗就猛往喉咙里灌，几大碗酒下去，不禁眼冒金星，头重脚轻。他捅了捅我的胳膊说："快，快帮我，不行了。"

我看他东倒西歪的模样，接过他手上的大碗喝起来。我的嗓子眼儿里流过苦涩和兴奋的热情，冰凉的甘甜欢呼雀跃地冲击我的喉头，我忘情地站起身，昂头展示跳跃的炽热的喉结。

我尽情喝着，喝凤跃村的麦地，喝我爹的鸡毛掸子，喝面铺里的醉汉，喝白芸的羊角辫，喝别人的面红耳赤，醉生梦死。咕噜咕噜，一碗接着一碗，看得众人目瞪口呆。我仿佛看见了我娘在我跟前说话："儿子，小时候没让你喝够，是娘不对。现在你逮着机会，给我使劲喝！使劲喝！"

有了我娘做靠山，我大声嚷嚷道："都给我让开！"

我像把上了膛的枪，抢了酒瓶就往嗓子眼儿里灌。最后一瓶，我砸得稀巴烂，一股股甘甜的酒水喷溅出来，弄得众大汉手忙脚乱地避让。

洪二香往后一躲说："停停停！"

吴金宝笑嘻嘻地伸出手："快，房契！"

洪二香一脚将他踹在地上说："呸，臭流氓，快把赌契交出来！不然，今天你就给我死在这儿吧！"

吴金宝龇牙咧嘴地揉着腰："你这臭婆娘，翻脸比翻书还快，哎哟，力气还挺大，跟个男人似的。"

几个大汉卸下嬉笑疯癫的模样，呼啦啦地起身，一脸肃色朝我们靠近。他们每人从怀里掏出一把寒冽的长刀，朝我们龇牙咧嘴、不怀好意地笑着。

吴金宝吓得往后缩溜，颤抖地拽住我的衣角说："咱们被讹了。"

我倒是喝尽兴了，东倒西歪，乐滋滋地喝道："来人！起驾回宫。"

吴金宝嘴一瘪，哭喊道："回你个头！咱们恐怕小命不保了。完了，完了！"

他话音刚落，我便全力弓起身子，蹲在地上大喊："哎哟，好疼，好疼！"

我"扑通"一声闷头倒地，很快便昏迷不醒。洪二香一看我闭着眼睛一动不动，顿时花容失色："他……他怎么说倒就倒？救命，救命啊！"她冲着其中一个大汉嚷嚷，"哥，这可咋办？"

"搜他的身，看赌契在哪！"

几个大汉一拥而上，我则像集市上的臭鱼被拨来拨去，可他们到底是放过了我聪慧有加的脚底板，没搜出半点纸屑。

洪二香在边上挥着手绢，边哭边跺脚："这个光头，看着挺彪的，怎么就突然倒了，不会是死了吧。"

洪大毛一听这话，像个泥鳅似的就往门口溜，洪二香跟上去拽住他的衣领说："浑球，看看你干的好事！"

"嚷嚷啥？怎么跟你哥说话呢？"

"你算哪门子的哥？你逼着我讹人，可出了事，你倒先跑了。"

"你当我愿意讹人？我那不是为了把赌契抢回来嘛。"

洪二香一听这话，稀里哗啦地哭了起来："你把咱们祖宗的面馆输了出去，你要是再闹出人命，日子可怎么过！呜呜！"

"哭啥哭？妹妹，实在不成，咱们还有墨宝嘛。"

"畜生！那是传家的墨宝，你想都别想！"

洪二香看了看躺在地上的我，把手绢一扔，背起我就往医馆跑去（到现在我也不知道她哪来的力气，不知是肾上腺素飙涨，还是学过什么绝世武功）。我嗅到她发丝间一股沁人心脾的女人香，但她由于重心不稳，晃得我东倒西歪，我被颠簸一路，差点散了架。吴金宝拉住我的手，跟在洪二香屁股后头呼哧带喘道："你不许死，咱还没拿到房契呀……"

洪二香气喘吁吁，渐渐吃不住力，她重心不稳地一晃，我四脚朝天地叉在地上，皱着眉喊："哎哟，哎哟喂！"

洪二香听到我的叫声，拽着我的胳膊摇来摇去："你还活着，你还活着？谢天谢地！"

我泰然自若地站起来，拍了拍身上的灰尘。不得不说，那灰尘间隐藏着一股女人香味，让我怦然心动。我颇为得意地瞟她一眼："多亏我灵机一动，否则，岂不是被你们诓得底儿掉！"

洪二香往后退了两步，直直地指着我："你……你是装的？"

我有些心虚地瞟了她一眼："去去去，你少恶人先告状。你是犯罪分子，我当然要不分策略，不留情面。"

洪二香的身子抖得厉害，气得上来就要撕了我的嘴："你这个不要脸的光头，亏我还惦记你，傻兮兮地往医馆背你。我……我和你拼了！"

九

就在如此窘迫的状态下，我见到了我久未谋面的老乡——我的"二号情敌"成豆豆。

我见到他的时候，他正骑着警车巡逻。

成豆豆拿着警棍冲我们喊道："警察，警察！"

"成豆豆？是你？"

"废话，我是弓城的巡警，不是我还能是谁？"他伸出手指冲我神气地划了个小圈说，"这片儿可都归我管。"

我刚想控诉洪二香的黑店，却看见洪二香满脸泪痕，正怯怯地低着头。她这一哭，我被弄得心烦意乱，她一路把我背过来，倒弄得像我在欺负女人。

吴金宝一看警察来了，赶紧把话接过来："成豆豆，这是个女骗子，快把她给我抓起来，枪毙，枪毙！"

"骗子？她骗你啥了？"

我看洪二香肩膀一耸一耸地发抖，只好咬了咬牙，硬是把话又揽了回来："她……她……算了，别废话了，跟我回家！"

成豆豆云里雾里地站着，这会儿可算看出了些门道，大手一招："行了，什么破案子？我还等着立一等功呢。两口子打架胡闹，真误了我的前程。得了，都散了吧！"

我赔上笑脸道："成结巴，辛苦了啊！"

"啥成结巴？"成豆豆啐了一口吐沫道，"呸，叫我成警官！"

等到成豆豆风驰电掣地离去后，吴金宝的眼神恨不得把我吃了："我说，你怎么把这个妖妇给饶了？"

我捏了捏太阳穴说："算了，好男不跟女斗，咱们放她一马。"

我拍拍裤子上的尘土正要迈步，洪二香拉住我的衣袖道："喂，光头！我洪二香是个仗义人，今天你放我一马，我也不会白白让你帮我。走，我请你喝酒！"

我一听"酒"字，连忙摆手："算了。一回生，二回熟，三回还让我做冤大头？"

洪二香听了我的话，笑得像春日里摇曳生姿的银铃："既然你出手相救，我哪能让你做冤大头？走，到我店里喝酒！"

吴金宝冲我使了个眼色，贴上我的耳朵道："我差点忘了，房契还在她那里呀。"

我们重新迈入洪家面馆的大门后，洪二香把我们迎到上等宾客的紫檀座上，低眉顺眼地对我们说："我知道你们酒喝够了，我给你们去倒一壶上好的碧螺春。"

我见洪二香去倒茶，扭过头就给了吴金宝一脚："你个败家子，坏了我的大计。"

"哪能怨得了我？你没看她总冲我眨眼？"

"呸，自作多情。人家那是一个劲儿讹你呢。"

吴金宝不情愿地说："滚你的蛋。你看到这样的货色都不动心，你不是正常男人。"

"去去去，我可比你正常，你这个流氓。"

吴金宝朝我嘿嘿笑："何谓流氓？'留'在美色中，'忙'碌也从容。横批，从此世界大不同。"

我瞄了洪二香一眼，她正认真地沏茶，过了一会儿，她弯着细柳腰，提着一个"花鸟画瓷壶"朝我们迎了过来。吴金宝立马收起一张浪子脸，一脸正色地摆起架子："来来来，搁这儿吧。"

"这碧螺春要在嘴里回一回，香味更浓。"

我推了推茶壶道："咱们开门见山，说说敞亮话吧。你交了房契，我俩算是打平了，也不枉我白救你一场。"

洪二香把茶壶又推了回来："急什么？你救了我，总得喝杯恩情茶呀。"

洪二香给我倒上一杯热气袅袅的茶，娇媚媚地看着我："来吧，喝了这杯再说。"

十

她殷勤地把茶送到我口渴的嘴边，我正犹豫着要不要喝。当我差点为一杯碧螺春乱了阵脚时，一个蒙着黑面的恶土匪冲入洪家面馆，晃着一根木棍，用尖细的声音嚷嚷道："别动，打劫！"

洪二香放下那杯碧螺春，喝道："你是谁？"

蒙面人大喊："把钱交出来，否则别怪我不客气！"

我掂量这棍子也不是什么惊世厉害的武器，就直了直身子，作了个揖说："这位英雄好汉，何必为难一个女人？要不我请你喝杯上好的碧螺春，咱们交个朋友？"

"闭嘴！再废话，当心你的脑袋！"

我赶紧把嘴缝上，瞄着他的脚，打算从背后把他绊倒。

洪二香镇定地开口道："这位英雄好汉，我可以给你拿钱，但你不许伤人。"

"麻利点儿，刀剑可不长眼！"

洪二香站起身来，慢悠悠地挪着步子。她侧着身子东找西翻，搜了个底朝天，也没找出一毛钱。说来也怪，那蒙面人站了一会儿，豆大的汗珠滴落下来，居然急不可耐地用一种极为熟悉的声音吼了起来："装什么蒜？你把里柜的锁打开，不就有了？"

我趁他走神不备，从背后猛绊他的腿，只听他"哎哟"一声摔在地上，成了一只蒙面王八。说时迟，那时快，洪二香朝他扑了上去，夺过木棍，冲他屁股上一顿暴风雨般痛打："洪大毛，你个没出息的东西，敢来讹你的亲妹妹！看我怎么收拾你！"

蒙面人围着桌椅满场跑，边跑边喘大气："妹妹饶命，哥哥知错了，知错了。"

我端起那杯碧螺春，正要压压惊，洪二香一个飞身过来，把我的杯子甩开，哗啦一声，我手中的杯子顷刻间便化为一地碎片。

她冲我眨了一下眼说："那碧螺春有毒，你别喝。你走吧，改天我单独去找你谢恩。"

我心想，老话说得没错，果然"最毒妇人心"，于是我忙不迭地扯着吴金宝，踉踉跄跄地跑了出去。

房契一时半会儿拿不到，"英雄楼崛起计划"无限期搁置，我这个灰头土脸、毫无前途的异乡人，成天百无聊赖地在大街上溜达。一到天黑，我就站在家门口发呆，发够了，再到大街上漫无目的地溜达。

我对自己的前途和命运毫无头绪，想来想去，最快的办法，便是找我们凤跃村的拐子李为我占一占前程。我去找他的时候，他正坐在一个结实便捷的小马扎上，金字招牌立在旁边，上头写着："要想改命，找拐子李"。他曾去英雄楼找我叙旧，还赊了两瓶白酒没结钱，我从来也没张口管他要过。我想，就冲这么些交情，他肯定能替我免费算一卦。

"拐子李，好久不见。"

"呀，贵客！快请进，坐，坐。"

我钻进他天桥下的小窝，他热情地为我张开一个红色的小板凳，还给我倒了杯热茶。

"近来生意怎么样？"

"要过年了，净是痴男怨女，生意还过得去。说吧，你想问什么？咱们是老乡，我肯定给你打折。"

"你还欠我两瓶酒钱呀。"

"有这回事？"他用手摸了摸脑袋说，"我年纪大了，好多事记不清啦。"

一听这话便知道，免费算卦是没戏了。

"既然记不清，那就先不提了。我问你，我在弓城也混了几个年头，到底能不能成个人物？"

"人物？"他嘻嘻地冲我笑，"东苍龙、南朱雀、西白虎、北玄武，说说，你想做哪个？"

我摆摆手说："我做不了龙，也做不了虎，我想做百万富翁。"

他伸手掐了掐我的印堂和人中，又把我两只眼皮翻来翻去，最后得出了一个不靠谱的结论："有戏。"

"真的假的？不准我可不给钱。"

"日往月来，月往日来，日月轮换，生明生暗；寒往暑来，暑往寒来，寒暑交替，生寒生暖。此谓风水轮流转。"

"你别跟我扯这些虚头巴脑的，你就告诉我，我能成百万富翁吗？"

拐子李嘿嘿地笑："就是因为风水轮流转，你要发财哪！"

"你没蒙我？"

拐子李闭上眼，掐指嘀咕道："你会有偏财大运。"他睁开眼说，"看在咱们都是老乡的分上，给你个友情价，"他伸出手说，"只收你一百元，祝你百事顺心，好运大吉。"

到头来，我没向他讨回那赊下的酒钱，还赔进去一张百元大钞。这买卖，真是令我酸爽极了。

我摸了摸裤兜，光溜溜地只剩下一枚一元硬币，心里不禁一阵窝火。回家的路上，我路过八爷赌庄，心里顿时备感凄凉。这是吴成坤的发家之地，他在这里设下圈套，将洪家面馆赢了过来。可我，到现在不仅是个跑堂的，还成了个光棍跑堂的。我越想心里越堵得慌，一看赌庄里人声鼎沸，好一副醉生梦死、忘乎所以的热闹光景，我不由得一脚踏进去，看赌徒们一个个摩拳擦掌，终于有了点神清气爽、醍醐灌顶的意思。

十一

说来也怪，我越靠近八爷赌庄，拐子李的话便越不断地在我脑海里回闪："你会有偏财运。"

我走到凑满人的地方，遇到一位大爷，手上举着一张轻飘飘的鹅毛般的纸，眼角的皱纹挤在一起，费力地辨识着上面的数字。

"大爷，中奖了？"

"我没那个命呀。一块钱的私房钱，就图个乐子，哪能中上百万大奖？"

"有人中过吗？"

大爷瞟我一眼，头头是道地说："买的没有卖的精，一看你就年纪轻。"

"此话怎讲？"

大爷："五加一，一共是六个数，谁能都猜中？来这儿的人就是图便宜，这儿下个注才一块钱，少买一颗菜，博个好彩罢了。"

"一块钱？"

大爷点点头："确实是一块钱，对咱老百姓也没啥影响是不是。"大爷倚着拐杖咳嗽了一声说，"年轻人，祝你走上狗屎运呀，我得回家了，不然老伴又该唠叨了。"

我听了这话，莫名涌上一股酸楚："大爷呀，你不想听老伴唠叨，可我连老伴在哪都不知道呢。"

我一想，以一敌百的事儿，那是关羽和张飞干的，我可干不了。可我一摸裤兜，那一元硬币也硌得我不舒服，我便把全身的家当花了个精光，买了一注，那奖票便被我漫不经心地塞到衣兜里去了。

晚上，我做了个梦，梦里的我中了一百万的大奖，正举着奖票满场飞舞。如果我成了百万富翁，我要干什么？

一想起来我就弱不禁风地脑仁儿疼，因为我要干的事儿太多，根本数不过来。比如为我娘修一栋新房，里面遍地黄金，从不漏雨；比如逼着吴成坤叫我大哥，再给我捶捶背；比如打断吴金宝的狗腿，再让店里招几个水灵俊俏的女伙计……当然，在这些光宗耀祖的事情里，还有件最重要的事，把我的小婆娘找回来。

房子没了可以再盖，拖拉机坏了可以再买，吴成坤不愿叫我大哥可以耐心等待，吴金宝瘸了可以找个人给他接骨，可白芸如果走了，我的心也就散了。所以，我有了钱，第一件事就要去找她，其他的事情，往后再说。这些白日梦耗费了我成千上万的脑细胞，让我在日出之时，乏得浑身腰酸背痛。

我做梦归做梦，却从来没想过会成为现实。自打八爷赌庄在七里关开张以来，就没听说过有人能中得了"以一敌百"的局。让我万万没想到的是，一个凤跃村的优秀好男儿横空出世，破了这个咒语。这个好男儿中了百万大奖，成了百万富翁。

是的，那个好男儿就是我——阿旺。

第四章

一

我明确了一件事情——我现在是百万富翁了。

是的，我犹如天空中哗啦哗啦飞的雄鹰，草原上突哩突哩跑的野马了。

当呼啸凛冽的北风旋律优美地敲打着我出租屋的窗户，我一次又一次地将胳臂掐起涟漪般的瘀青。在我揉开惺忪的双眼后，那些瘀青仍然清晰可见。这回，我终于能开诚布公地确认，我现在可是货真价实的百万富翁了。

我躺在那张破木板床上翻来覆去地想，不知凤跃村那个不可一世、飞扬跋扈的水泥厂厂长在干什么？我曾十分觊觎他那牛气冲天的大罐水泥车，为了领着我的"神气之猪"君临天下，年少的我竟然恬不知耻地在他面前撒泼打滚。那时，我年轻的身体健硕如牛，一只手指头便能轻而易举地将我娘辛苦送来的热汤面掀翻。我将我的"骆驼"老师毫不留情地赶到封地之外，并对他那句老生常谈的"知识改变命运"嗤之以鼻。

时至今日，我都没能开上大罐水泥车，也未能统领我那只最懂事的"神气之猪"走南闯北，但如今看来，我反倒要感谢那个冷若冰霜、不近人情的水泥厂厂长了。对于他，我早已懒得去记恨。要知道，我阿旺已经今时不同往日了。要被他知晓我这个百万富翁的头衔来得不费吹灰之力，我想，他肯定要吹起胡子跳脚骂娘。

等我从八爷赌庄将这一百万奖票兑成漫天飞舞的票子，我便要将它们亮到白芸面前，让她睁大眼睛瞧瞧，我是如何实现了年少时对她信口雌黄的承诺。

我这个"倒数第一"还要建一座像模像样的书房，在里头码上清朝紫檀木的椅子。我的唐朝花瓶摆在手边，我要漫不经心地往里面插上花园里的新鲜月季。我要买上金线镶边的四书五经，再任由它们落满灰尘。当我孤零零地坐在我家的人造假山上发呆时，我将念一首当年在空中擦玻璃时最喜欢的诗——"会当凌绝顶，一览众山小。"

当我的万千思绪犹如满天繁星般胡乱闪现，外面渐渐鸡鸣破晓，艳阳初升，整个七里关，又是一副百业待兴的势头。我直挺挺地站起身来，庄严肃穆地打理了一番我的光头，便揣着那张百万奖票，直直地奔着八爷赌庄而去。

路过暖香楼的时候，那些莺歌燕语的姑娘冲我花枝招展地招手。我对着暖香楼的大门吹了一声响亮的口哨，便继续脚底生风地向前迈进。等我从八爷赌庄出来，我要到这里寻一排眼亮似星、肤凝如脂的姑娘，听我讲讲我的百万富翁奋斗史。从我横空出世开始讲起，一直到我成为百万富翁，我要把我爹的鸡毛掸子、我娘的酒坛子、"骆驼"的背脊、凤跃村的古树，痛痛快快讲个遍。在我漫天飞舞的奖金里，在她们虚伪腻味的脂粉里，我这个从英雄楼走出来的伙计，要真真切切地体会一把"英雄"滋味。

我的口哨虽然吹得响亮，可待我脚步轻盈地走近八爷赌庄时，却发现哪里变得很不对劲。

自打我到七里关以来，从未见过八爷赌庄如此冷清。我看到几只吵闹的麻雀在八爷的地盘上放肆地上蹿下跳，可那些杀得满眼通红的赌徒却纷纷不知所踪。我踮脚四处张望，想寻个熟悉的人影打探，却只望见一片被风吹落的狼藉树叶。

八爷赌庄的大门黯然失色地紧紧闭着。我再凑近一看，一张白色的封条赫然醒目地映入眼帘，上面工工整整地写着粗字：赌庄歇业，封。

二

我的瞳仁盯着那张封条足足有一个世纪之久。

等我理顺呼吸，稍稍回过神来，便使出吃奶的力气"咚咚咚"地拍门："开门，开门！"

那张封条仍然坚如磐石、纹丝不动，可我的背脊却被热辣的汗水完全浸透。这时，我突然听见一道微弱的开门声，八爷的手下"萝卜头"的尖笋脑袋从门缝里钻了出来，皱着眉头对我低语："吵什么？没看到我们封馆了吗？"

我把手中的彩票晃得"沙沙"作响："我是来你们赌庄兑奖的。八爷在哪儿？"

"八爷？他不在七里关。"

"萝卜头，我和八爷交情深，你可别得罪我，否则有你好果子吃。"

他冲我一吐舌头："唬我两句，我就怕你了吗？"

我慢慢悠悠地冲他捋袖子，虚张声势地绷了绷日渐松垮的肌肉。那"萝卜头"倒一点不怵，只对我笑眯眯地向下指了指，我一看，一只龇牙咧嘴的棕色藏獒正候在他身旁，冲我呼哧呼哧地刨爪子。

我即刻故作悠闲地往后踉跄两步："好好好，不在就不在，改天再说就是了。"

待我绕开他和那只凶神恶煞的藏獒后，我便蹑手蹑脚地溜到赌庄的后门环顾张望，趁着四下无人，我连忙手脚并用地蹿上府邸旁的一棵大树。在凤跃村时，为了和成豆豆抢夺地盘，我练就了一身扎实的爬树本领。所幸凭着我艺高人胆大的良好品质，我才得以在这棵树上稳坐如盘。

从我这里望去，八爷的后院果真别有洞天，各色花朵争相竞艳，一看就是金屋藏娇的好去处。我看得眼皮发紧，直到一个长发女人扭着细腰肢从屋里走了出来，冲我这个方向伸了个活色生香的懒腰。

我再仔细一瞧那眉眼，果真是暖香楼的阿梅。我心中暗自琢磨，既然"大胸脯阿梅"出现在这风景独好的小院，八爷总该要现原形的。

身边的麻雀们绕着我和树枝飞来飞去，一只只不怀好意地遮挡我的视线。它们置身事外也就罢了，还故意叽叽喳喳地欢腾一气，我连忙挥手驱赶道："去去去，往上飞，别在这里碍我的事！等你们当了凤凰，再来和我嚣张！"

等三五成群的麻雀飞远，我便继续目不转睛地盯着八爷的小院。等到阿梅身后的红漆木门跟着缓缓而开，我的心也跟着提到了嗓子眼儿。

我伸着脖颈一瞧，门缝里的人只露了个黑影。说时迟那时快，一阵不绝于耳的狗吠声嘶哑地划破了我头顶上的长空。

"萝卜头"的声音悠扬婉转地传来:"嘿嘿,咱们好好找找,把他拖出来剁成肉泥!"

这回,后羿和猎豹倒是放过我了,可那只凶神恶煞的巨型藏獒,却循着气味来找我了。一想到我将香消玉殒在一只来路不明的恶犬手里,我的牙齿忍不住颤得咯咯作响。在这生死一线的时刻,我这个百万富翁只好屈尊从树干上"顺流而下",一路扭着腰肢疯狂小跑,逃窜回自己的领地"英雄楼"。

第二日,等我再爬上那棵大树,红漆大门已经上了一把亮锃锃的铁锁。我一看春风似锦的花儿也都没精打采地耷拉着脑袋,不得不相信,我最后的希望也消失殆尽了。

我四处打探关于八爷的消息,问了几个熟客赌徒,他们也是各说各话:

"八爷打算金盆洗手,以后做正经买卖啦。"

"八爷惹上了命案,逃到椰子小岛去啦,再也不回来了!"

"八爷带着阿梅私奔啦!唉,问世间情为何物,直叫人生死相许呀!"

八爷赌庄一封,七里关顿时谣言四起,犹如漫天黄沙般不绝于耳。

我不知道八爷去了哪里,我只知道,从我中奖那天开始,八爷便像沙漠中唯一的一滴泉水,从这个纷繁人间蒸发得一干二净了。

三

八爷跑了，吴成坤倒是异常欢快起来："八爷，您好好在椰子小岛上休养吧，洪家面馆那边，我可就独霸天下啦。"

"臭流氓，你可别咒我！他要是跑了，我的奖票找谁兑去？"

"人的命，天注定。我看你是成不了百万富翁啦。"

我被他说得心烦意乱，只好揉了揉太阳穴道："滚，真是狗嘴里吐不出象牙。"

"阿旺，你有没有想过，为什么这赌庄说封就封？"

他见我摇头，便小心翼翼地环顾四周，再凑近我身边道："那老局长一下马，八爷的保护伞也就倒了，你说，这赌庄还能活吗？"

他见我将信将疑地望着他，便拍拍我的肩膀说："我再告诉你个秘密，那新来的局长听说是奉命整治七里关来了，哎，新官上任三把火嘛。你说说，八爷还有不完蛋的道理吗？"

"你从哪听来的小道消息？我看不靠谱。"

"你忘啦，成豆豆是七里关的巡警，那新来的局长就是他成豆豆的头儿，所以说呀，有什么消息是我吴成坤不知道的？我告诉你，那八爷身上可背着好几宗命案哪。我看呀，这回他是插翅难飞了。"

"照你这么说，这七里关他肯定是待不下去了……"

吴成坤点点头："这赌庄一关门，八爷也人间蒸发了。如今，全七里关的警察，包括那成结巴在内，都像发疯似的找他。我看，你这奖票是铁定没戏了。"

"那你说，我该怎么办？"

"你要真想成为百万富翁，只能在警察动手之前找到他。这么一来，兴许你还有一线生机。"

吴成坤的话如雷贯耳，给了我当头一棒。为了不错过成为百万富翁的机会，我这只悬崖上的野马便开始疯了似的寻找八爷。几日下来，我累得筋疲力尽，脚底下长出好几个磨人的大泡。这弓城如此之大，八爷会在哪儿？想到这儿，我琢磨来琢磨去，连太阳穴也愁得生疼，可无论我如何绞尽脑汁，事情却仍然一筹莫展，令我备感迷茫。

直到有天，我无意中路过暖香楼，一个横空出世的绝妙主意突然破石而出——我可以找八爷的相好阿梅呀。

于是，我先花重金买了一身金色的丝绸衣裳，又去金行打了个金镯子。我的新衣裳像个布袋似的套住我，等我进了"暖香楼"的大门，姑娘们的脂粉味扑面而来，惹得我头昏眼花。我跷起二郎腿后，姑娘们便娇滴滴地往我的衣裳上靠："呦，这缎子可真好看。"

"那当然，这可是上等的金丝料。"我的腿抖得厉害，就像止不住的泛滥洪水。

就在这个时候，我注意到倚在门边梳头的阿梅，她见我盯着她看，便调皮地冲我咬了一下嘴唇。她把我咬得欣喜若狂，我知道，只要阿梅还在七里关，我的奖票就有希望。

"阿梅，你过来。"我挥舞着手中的钞票，朝她招招手。

她昂着头朝我走来，停在我面前，似笑非笑地看着我："哎呀，看来是发工钱了。"

我上来先巴结一通："这暖香楼里，就你最好看。而且，你对八爷还重情重义，真难得呀。"

"我们这样的人，谈什么情义？"

"此话差矣。生意嘛，讲究礼尚往来。交易是分内，情义是分外。"

阿梅弯腰哈哈大笑："你个毛孩子懂什么？净知道咬文嚼字。吴老板让你出来的？你不用做工？"

"什么吴老板？我俩光屁股一起长大的。还有，我俩都是倒数第一，不分高低，我可从来没输过他。"

"哎呀，别认真，开个玩笑。"

"要不是他大伯死了，他可当不上我的老板，他那是踩了狗屎运。"

"放宽心吧，风水轮流转。谁说得好明天会发生什么？"

"明天会发生什么？我告诉你，明天我会成为百万富翁。"

趁这个机会，我拱手道，"实不相瞒，我在八爷的赌庄中了头奖，我想找八爷把奖兑了。"

我注意到，阿梅的身子颇为巧妙地往后一躲。

"你知道八爷去哪儿了吗？"

我见她眼神闪烁，便紧接着说："阿梅，你和八爷交情不一般，我们英雄楼也没亏待过你。只要你帮我把这笔钱讨回来，你的好处少不了。"

"这……这不好办，我也好几天没见着八爷了。"

"你跟着八爷，拿了不少好处吧？"我看时候到了，便趁热打铁，把怀里的金镯子掏出来，硬塞到阿梅手里，"这是我专程去金行打的镯子。只要你告诉我八爷在哪，你还想要什么，都好商量。"

阿梅把金镯子推回给我："八爷帮里有规矩，女人不得干涉买卖。你这不是为难我吗？"

"女人嘛，死心塌地也是正常。可你想，总有一天你会人老珠黄，到时候你还指着八爷？还是看点儿眼前的吧。"

阿梅冲我机警地抱起手，冷冷地笑了一下："那又怎样？人世冷暖，就是如此。你不用在我这儿摆出一副清高样。"

"你误会了，我不是那个意思。我知道你是个才女，会写诗作赋，要不然，八爷怎么会为你如痴如狂？你这样的女人，为什么沦落到这步田地，我也不想细问，你肯定有你的苦衷。"

我开始打起苦情牌，阿梅不痛不痒地"哼"了一声。

"不管你有什么样的苦衷，拿上这金镯子就对了。女人嘛，拿点实在的，总不会有坏处。"

我盯着她那双杏仁般的风情眼，然后笃定地把镯子塞给她："你这样的好女人，总得为自己想想后路。"

她摸了摸镯子，放进兜里说："镯子我先收下，你说的话我明白了，你让我想一想。"

等她收下了金镯子，为了向她打探八爷的行踪，我这样的正人君子便不得已多次出入暖香楼。

阿梅一喊饿，我就给她盛上满满一碗祖传甘峡热汤面，而我这样五大三粗的男人，也会特意去市场给她买胭脂水粉。有一次我兴高采烈地给她带了一盒西洋货，本来以为自己做了件讨巧事，谁知道她抹上去就像涂了一层白面粉，气得她追着我打："看把我的脸涂成什么样了？讨厌！"

阿梅呢，看我对她没办法，也就更加变本加厉地使唤我。

"小伙计，"她边戴耳环边问我，"你说我戴哪个好看？"

"你戴什么都好看。"我敷衍道，"八爷回来了吗？"

"没有，好像是回老家看奶妈了。"

"上回修房子，这回看奶妈，这是把我当猴耍呢。"

阿梅指了指旁边的盆，对我说："那是我的乳罩，你替我洗了吧。"

我一听，她居然使唤我干这个，着实气得要爆炸。我这样一个大男人，如此费心尽力、鞍前马后地讨好一个女人（还是个风尘女子），最后竟然让她欺负到我头上来，简直天理不容。

　　我一脚把盆踢翻，高声喝道："欺人太甚！你这种女人，果真不是好鸟。"

　　我做好了被她痛骂一番的准备，没想到，她把盆扶起来，低着头哽咽道："你……你是这么看我的？"

　　我被她气得七窍生烟，便大喝道："对，我就是这么看你的，全世界都是这么看你的。"

　　她听我这么一说，蹲在地上揪着自己的衣角一抖一抖地抽泣。她这么一闹腾，倒把我弄得不自在了。

　　她抬起头，楚楚可怜地对我说："我要吃你的祖传热汤面，再给我做两碗。"

　　"不做。你饭量太大，快把我吃穷了。"

　　她突然冲我咯咯地笑。她的眸子里如同住着百颗繁星，一种斑驳不定的错觉迎面袭来，让我以为我在和一个清纯少女谈买卖。在那种错觉中，她未经风霜，不谙世事，把我衬得像只不纯良的衣冠禽兽。

　　她说："你那祖传的手艺味道太好，得多吃几次。再说了，你想知道八爷在哪儿，当然要伺候好我呀。"

"好好好，我给你做，但你可不能再耍我了。"

突然，她拽住我的衣角说："别走。"

"你……你这是干什么？"

"来呀，我们来对诗。"

吃喝玩乐我在行，对诗这种酸不溜秋的事儿，算是难倒我了。她把我掐得龇牙咧嘴："上学的时候，我从来都是倒数第一，和你这样的才女没法比。你找我对诗，那不是成心看我笑话吗？"

她听我叫她"才女"，又"咯咯"地笑了起来："我就是要和你对诗。你看看外头的天，多寂寞呀。星辰浩似海，月光寒如霜。小伙计，你来接接看。"

我憋了半天也没有什么头绪，只好胡乱搪塞她："天下乌鸦一般黑，谁信男人谁倒霉。"

为了我的一百万，我也只能耐着性子陪她风花雪月了。我想，女人嘛，哄高兴了，事情自然就好办了。

"星辰浩似海，月光寒如霜……"她停顿住，月光流泻在她丰润的鱼尾纹间，"芳华留不住，人间多沧桑。"

我挥挥手说："什么沧桑不沧桑的，真是矫情，你想想，你们赚钱多容易？"

阿梅支起身子直勾勾地望着我说："怎么就容易了？"

"你看我们男人，在外面卖血卖汗，鞍前马后地挣点辛苦钱。你们倒好，跟个大爷似的往那儿一躺，钱就来了。我们站着挣钱，你们躺着挣钱，有什么不高兴？"

"你说得倒在理。但是呢，我们总会死的呀。我再美再风骚，还是会死呀。我们任何人都一样。"

我嘟囔道："你看你，又说得惨兮兮的，没劲。"

我们之间陷入一种古怪而奇异的沉默，说完死亡这样的话题后，我们便再也找不出什么话题延续下去，于是，我们只好盯着星星看了一会儿。

"喂，小伙计，要是我死了，你就把我撒到海里去吧。"

说完，她伸了个懒腰。

"海里有什么好？多孤单哪。"

"哎，也对。生来就漂来漂去的，到死了还不能安生。这样吧，我要是死了，你就给我立个碑吧。"

"立什么碑？要求倒挺多。碑上写什么？"

"你呢，就给老娘写上，天下第一大美人儿。"

"好好好，写就写，真没见过这么厚脸皮的大美人儿。"

阿梅朝我的脸蛋子上狠狠掐了一下道："对啊，我就是这么厚脸皮的女人。"

她说完，又支起头来，小心翼翼地问我："你觉得干我们这行怎么样？"

"当然是一个'好'字呀。我想干你们这一行，可惜天生没这个本事。"

我看她被我逗高兴了，便话锋一转道："你先别笑，咱们别老没正经的。每回我来找你，你都说八爷不在。我想问问你，是不是成心为难我？"

阿梅略带犹豫地摇摇头。

"我知道你对八爷死心塌地，可你这样做，对得起我的金镯子吗？"

"你对我是不错，那我问问你，"她那黑漆漆的眸子又盯上了我，"你心里有我吗？"

她见我支支吾吾地说不出话，就笑了笑。"那我问你，你说的那个白芸，她哪里好？"她朝我眨眨眼睛，"你说说，我们谁更好？"

我赔笑道："你们都好，是女人就好。"

"我看呀，她哪里都不好，她肯定没我好看。你是天下第一大傻子！"

"好好好，只要你告诉我八爷在哪儿，我做傻子也无妨。"

阿梅的眼睛弯成一道月牙："我是天下第一大美人儿，你是天下第一大傻子，咱俩不是正好嘛。"

她见我红着脸低着头，便放开我说："行了，胆小鬼，快回去给我做热汤面。我答应你，等我这回吃饱喝足了，我就带你去见八爷。"

四

八爷帮有个不成文的规矩：赌庄的内务事只在内消化，不可外传，自家的女人也一视同仁。赌庄开月务会时，无论是谁的妻小，都不能靠近。

八爷倒是不牵扯，他那明媒正娶的夫人早在五年前因难产过世。阿梅作为八爷众所周知的当红情人，对这个规矩早已烂熟于心，一来她对赌庄事务一窍不通，二来八爷一再嘱咐，破坏规矩对她没有半点好处。现在想来，阿梅心里是有些喜欢我吧。否则，为了我这样一个面馆小伙计，她也不会把赌庄的规矩坏了。

阿梅带着我在八爷赌庄附近绕来绕去，我们走到一排树前，她便拨开错综复杂的枝叶，对我招手。"这是赌庄的侧门，进去后有个楼梯，顺着往下走，就是八爷赌庄的密室。"她擦了擦额上沁出的汗水道，"这儿只有八爷和弟兄们知道，我是唯一知道这密室的女人。你可千万小心行事，别连累了我。"

我跟着她从侧门蹑手蹑脚地走进去后，又扒拉开一堆不起眼的杂草，果然看到了阶梯。我们越靠近密室，就离阳光越远，等到我手臂上冻得起了一片鸡皮疙瘩时，我终于听到了一阵低沉轰鸣的男声。那是久违的熟悉的声音——八爷。

我和阿梅悄悄地把耳朵贴在门框上，弓着身子心惊肉跳地听着。

"逃？咱们逃到哪儿去？"

"先离开弓城再说。以后咱们可以重操旧业，但这里肯定是待不下去了。"

"八爷，兄弟们跟着你，就是看中你在黑白两道的关系。难道你连这都摆不平？"

"我那兄弟下了马，新来的局长又死咬住咱们不放。唉，实在是世道不太平。你说我该怎么办？"

"这个嘛，办法倒是有。"

"什么办法？"

"只要你把老大的位置让出来，我们也就不好说什么了。"

"反了你了！"

"八爷，你身上可还背着好几宗命案哪，大不了咱们同归于尽！"

没等我和阿梅反应过来，屋里"噼里啪啦"作响，乱成一团，我一听里头的势头不对，赶紧对阿梅说："咱们快撤，里头打起来啦！"

我顺着楼梯拼命往上爬，突然，我听到门被撞开的声音，阿梅刺耳的声音穿过我的耳膜："啊！出人命了，出人命了！"

阿梅一叫，我的心即刻提到了嗓子眼儿，整个赌庄静得连掉根针都能听到。我趴在楼梯口往下看，八爷正叉着腰站在她面前："阿梅，你在这儿偷听什么？"

　　"我……我……"

　　"你什么你？"他尴尬地看了看周围捂着嘴笑的弟兄，声音顿时高了八度，"没有规矩，不成方圆，我得好好教训你。"

　　他朝着阿梅的肚子给了几脚，阿梅很快就如同一个摔远的铁陀螺般重心不稳，失去了旋转的动力，扑通一声就倒下了。

　　以前，我总是认为这样的风尘女子，嘴里没什么耐听的真话。我给她买胭脂水粉，伺候她吃热汤面，纯粹是为了我的百万富翁大计。我认为她那样的人，浑浑噩噩地过完一生，已经是最好的结果，顶多如此。就算是仗着八爷，顺风顺水个几年，也总有人老珠黄的一天。

　　可那时的我却改变了主意。我躲在臭烘烘的树丛里想："在我眼里的轻薄之人，却是最真心实意帮我的人。这世道，真是叫人唏嘘。"

　　八爷的人手忙脚乱地把她抬起，我远远地望着阿梅被他们抬走，而我则像个缩头乌龟一样躲在树丛里。我的脚像粘在了这片罪恶的土地上，始终没有迈上前。

五

回到英雄楼后，我翻来覆去地彻夜难眠，阿梅的脸始终在我脑海中闪现，让我夜不能寐。第二天一早，我便往八爷赌庄奔去，果不其然，那张封条仍然紧贴在门上。

"萝卜头"一看我靠近，便拍拍他身旁的藏獒笑道："乖乖，这一大早的，有人送上门给你当早饭呀。"

"萝卜头，我今天来，绝不给你捣乱。我想打听打听，你们八爷的那个女人，阿梅怎么样了？"

"什么阿梅不阿梅的？这是你该管的事吗？"他对那条藏獒吹了声口哨说，"你再不走，我可就让它伺候你了。"

"我只想问问阿梅如何，绝不打扰你。"我拿出一张票子说，"行个好吧。"

他接过票子看了看，即刻向我堆上一脸假笑说："你可真是找对人啦，八爷赌庄的事，还有我不知道的？放心，我肯定知无不言，言无不尽。"

他四处看了看，小心翼翼地把我拉到一边说："大哥，你想知道什么？"

"阿梅怎么样了？"

"萝卜头"仔细地叠起票子说："阿梅偷听帮派大会，被抓个正着，八爷为了惩罚她，把她打晕啦。啧啧，好狠呀。"

"这我知道……"

"你知道？"

"不不不，"我咽了一口温吞的口水道，"我是想打听打听，她伤得重吗？"

"听说是大人的命保住了，孩子没了。"

"孩子？阿梅怀了八爷的孩子？"

"我们也是刚知道，从大夫嘴里听的。哎呀，这几天医馆可热闹啦——八爷的老母亲一听，又闹上吊啦，八爷只好乖乖跟他娘走了。不过，"他四处张望一番，"八爷私下嘱咐我照看阿梅，可我看呀，阿梅斗不过那个厉害的老太太呀。"

"那老太太真有这么厉害？"

"没办法，嫌阿梅出身不好呗，非要拆了这对苦命鸳鸯，天天给我们演上吊的把戏呀。哈哈，光是我，就把她抬下来过三次。"

"这……"

他冲我狡黠地笑了笑说："放心，那绸布滑着哩。老太太每次都大难不死，从无例外。不过，八爷是出了名的孝子，阿梅斗不过她，那是肯定的。"

我问他："你能带我去见她吗？"

"你和阿梅有什么关系，我是懒得多问。不过，你见了她，我的脑袋也就搬家啦。大哥，"他收起票子，拍拍我的肩头说，"我能做的，也就这么多啦。"

六

我从八爷赌庄逃出那天后，就再也没见过阿梅。我的百万奖票也成了竹篮打水一场空。我正没精打采地扫地，吴成坤突然拍我的肩膀说："阿旺，有人找你！"

我无精打采地一看，"萝卜头"正笑眯眯地朝我走来。他殷勤地对我说："阿旺，你可真是走了狗屎运，八爷专程派我来请你哩。快带上奖票跟我来。"

我瞅了瞅他身旁那只龇牙咧嘴的巨型藏獒，往后退道："光天化日的，你不会是想谋害我吧？"

"哎呀，这是什么话，岂敢岂敢。"他对我讨好卖力地笑道，"大哥，您大人不记小人过，在八爷面前记得替我美言几句呀。"

我将信将疑地跟着"萝卜头"迈入了那扇封锁已久的大门，等我终于见到了久未谋面的八爷，还有他身旁红眼眶的阿梅，我才知道，八爷真的愿意主动为我解决这件事了。

阿梅伸出瘦弱的手朝我招了招："表哥，你过来。"

八爷这回见了我，居然变得分外殷勤："小兄弟，来，这边坐。"

我见了八爷，心中的委屈便一股脑发泄出来："八爷，自从我中了百万大奖，你们赌庄立马关门大吉。敢问一句，你们不会是故意躲着我吧？"

"开什么玩笑，我八爷用得着躲你？"他清了清嗓子道，"新上任的局长死咬着我不放，我的买卖自然不好做了。但你放心，区区一百万，对我来说还不是毛毛雨吗？"

阿梅对我有气无力地说："表哥，你别慌，快把奖票拿出来。"

"我们赌庄开业以来，从未有人中过头奖，你可真是撞了大运，"八爷对我诡异地一笑，又在我的奖票上面按了个手印对我说，"你是阿梅的表哥，我肯定不会抵赖。有了我的红手印，你就把心放肚子里吧。"

阿梅冲我挤眼色道："表哥，你放心，八爷答应我，他离开七里关之前，肯定把钱兑给你。"

阿梅见我还哭丧着一张脸，便鼓励我道："放心，八爷看在我的面子上，也会给你办了。"阿梅缓慢地起身说道，"另外，谢谢八爷这些年的恩情，我阿梅感激不尽。这件事之后，我不会再来找你，也不会再和老太太见面，我说到做到，你放心。"

我再看八爷，一个堂堂七尺男儿，此刻竟噙着一汪模糊的泪水，哆哆嗦嗦地说："阿梅……我……我……"

"从今天起，你走你的阳关道，我走我的独木桥，从此我们井水不犯河水，各自安好。"她突然颤颤悠悠地扯住我的衣袖，"表哥，我们走。"

出了那扇大门，"萝卜头"殷勤地冲我跑来："阿旺，八爷有没有提到我？"

我摇摇头说："没提。不过我好像听他说，你和这条藏獒一样，都狐假虎威，特别招人讨厌。"

我把阿梅送回暖香楼的路上，她对我说："收了你的金镯子，我也把事情给你办妥了。"

那是我第一次发自内心地感谢她："阿梅，谢谢。"

"少和我说客套话了。你不是我的表哥，但在我心里，你比表哥还亲。要不，你当我哥好吗？"

我认真地想了想，刚要点头，她却突然如拨浪鼓般摇头道："不，你还是不要做我哥了，做我男人吧。下辈子，我不干这行了，专门做你女人。"

有了八爷的红手印，我总算能挺直了腰板重新做人。这回，我明目张胆地踹开吴成坤的门，对他说："喂，老子有事和你商量。"

"说话倒不客气，什么芝麻大的事？"

"我要和你赊工钱。"

吴成坤挥挥手："没门儿。"

"那我就把你那些见不得人的事儿抖搂出来，你想想你这赌契是怎么签下来的？"

吴成坤软了下来："不是我不给你，我还有'英雄楼崛起计划'呀，现在洪二香扣着房契不放，我一分钱也拿不出来。"

我挥舞着我的奖票："百万富翁从不食言。我就赊一年的工钱，肯定还你。对了，给你双倍利息。"

吴成坤仔细端详着那张按了红手印的奖票："八爷不是消失了吗？你从哪里弄来的？"

"这你就别管了，"我把奖票高高举到他面前，"给我睁大眼睛看清楚了，八爷亲自按的手印，跑不了的。"

"看来你真要成百万富翁了，"他眯起眼，话锋一转，"我说，就十倍利息吧，如何？"

我尖声叫道："十倍？吴成坤，你是掉进土匪窝了？"

吴成坤眯起眼看着我笑道："哎呀，我的百万富翁，你就别在乎这点小钱啦，得给我留条活路呀。"

七

在弓城待久了，我早就想回一趟凤跃村。以前，我答应了我娘要回去过年，但我说的话总是落空，好像我们娘俩的日子还多得数不完似的。如今，有了我的奖票傍身，我大摇大摆地揣着赊来的工钱回到了凤跃村，总算尝了尝衣锦还乡的滋味。我终于能趾高气扬地穿行在金黄的麦地间了。

我已经好久没回来了。

凤跃村修了一条崭新的公路，与此同时，一间新水泥厂也跟着拔地而起，那炸山的声响，比我印象中更大了。我路过小时候听白芸开嗓的那棵古树时，烟瘾来了，便赶紧摸出一支烟，狠狠地抽了起来。这棵古树是我儿时熟悉的玩伴，我在这里学会玩"老鹰抓小鸡"等不胜枚举的耗费体力的天真游戏，我在这棵古树边听我的小婆娘白芸唱歌，吓唬我的情敌成豆豆，以及躲避我爹眉飞色舞的鸡毛掸子。

古树看上去没什么变化，它的树干上仍然裸露着深棕色的木纹，上面爬着星星点点的青苔，勤奋的蚂蚁们不知疲惫地聚在那里商讨起义。我想再进一步触碰它，看看它是否如我儿时的模样，可我却不能像以前那样轻易走过去了。古树外围起了一道铁栅栏，上面写着"文物保护"。几只麻雀抬头张望，看着身价倍涨的昔日古树，嘀咕着是否要飞上枝头。

远处，一阵轰鸣的炸山声吓飞了密谋的麻雀，它们紧急撤退，飞往凤跃村另一片澄澈的蓝天。

如今，村里又开了新的水泥厂，我曾经梦中的那个老水泥厂变得平淡无奇，再也没有那样宏伟壮观了。

等我走到家门口，我躲在门边偷偷看我娘，不敢贸然上前。这么多年来，我心中始终有一份关于"酒坛子"的愧疚。我一看，她的鬓角生出几丝不服帖的白发，背拘束地弯曲着，像只苍老的白天鹅。

我觉得我已经不认识她了。

我爹走了之后，她一直是一个人，直至她日益苍老，仍然孑然一身。我注意到，她的脚下又放了一个低矮的酒坛子，但我估摸着，里面放的肯定是平淡无奇的白酒，再也不会装载着那些充满希望的散票了。

我记得自打我爹走后，她便将我最爱的那头长发剪下卖掉，为了这件事，我气得好几天都不愿搭理她。说实话，我心里是很介意的，毕竟那头长发陪着我度过了许多年少的光景。

我记得她将它用力地编成一股粗壮的麻花辫，用一把生了锈的剪子，仅仅一秒的工夫，便将自己弄成了一副齐耳短发的精悍模样。之后，她长发及股的样子便沉入我记忆的深河，久久未曾开启。那之后，我再也没法小得在她怀里睡去，也没法与她从容地谈论我的父亲。

我娘长发的模样非常美。

她做姑娘的时候，看中她的小伙子们上门求亲，有的半夜跑到她窗前唱歌，有的让兄弟来说好话，但都不太奏效。我娘是水灵的，长得顶好看，这样的姑娘总容易让沉稳的男人变得慌里慌张。我爹来的那天没敢正眼瞧她，在门框那儿站了半天，也没憋出一句女人爱听的话。

"我叫根生，今年二十五。我有一个弟，两个妹。哦，我是大哥。"

我爹一会儿看看天花板，一会儿瞅瞅屋里那斑驳的木桌，一会儿又望望远处金黄的麦地。他的眼神像蒲公英似的飘忽不定，可腮帮子却又鼓得像一头害臊的倔牛，这令他黝黑的脸上泛出一丝桃花般的嫩红。他斩钉截铁甚至带有压迫性的语气，透出源源不断的活泼的希望。那平稳的语气中压抑着一丝波澜，既没有那些山歌炽烈的聒噪，也没有那种俏皮话隆重的谄媚。

我娘听到那低沉如夏日雷鸣般的声音，便装作不经意地小心打量起他。她心想，大哥照顾弟妹，也会照顾自己的女人，应该错不了。他皮肤黝黑，说明他是个爱干活的主儿，肯定老实勤快、手脚麻利。这种臆想，很快浸染了我娘脸上那两朵朝霞般欢快的红晕。

我爹还在的时候，他们也是十分不太平的，为了一点鸡毛蒜皮的小事，常常弄得形势逼人。吵急了，她便故意说起当年十里八乡的小伙子觍着脸向她求爱的故事，每到这时她便会配上一句："哼，那时候还以为你爹是个多傲气的主儿，原来是头闷牛。早知道我就该选别人。"

我爹气急了也会瞪她一眼，闷牛的瞪，因为没有任何话语的烘托，便将所有力道都聚在一起，如老旧的钟鼓般那样沉重。她被这种压力所折服，为自己的张狂害臊，声音也弱下来："可是这头闷牛也不错，会疼人。"

我正回忆着那些往事，她却不经意看见了门边躲藏的我。她的指尖沾着细白的面粉，弯着腰挪了出来："阿旺，是阿旺回来了！"

我摸了摸发酸的鼻尖，躲开她浑浊的眼珠子道："是，阿旺回来了。"

我径直走进熟悉的屋子里，我爹打我的鸡毛掸子放在床头，已经蒙上了灰尘。我娘见我看那鸡毛掸子发呆，便把它收起来，对我说道："这东西该收起来了。你大了，不管用哩。"

"没关系，留个念想也好。"

"回来也不说一声？吓我一跳。"

"娘，我现在是百万富翁啦。你等着，等我下次再回来，我一定要给你盖座新房……"

我还没说完，我娘的头便摇得像拨浪鼓，卖力地摆手道："又跟我吹牛。盖什么新房？我看这房子挺结实。"

我看了看屋角那个用来接雨的水盆，一动不动地摆在那儿，又看了看她混浊的眼珠子。

有了我的奖票傍身，我也变得财大气粗起来："娘，你别老睁着眼说瞎话！这房子成天漏雨，像米筛似的，哪里结实？"

"哪来的臭脾气，跟你爹似的。"她小心地看了我一眼，嘴里自顾自地嘟囔着，"我不搭理你，我还有活儿要干哩。你也别光顾着发脾气，既然回来了，该去拜拜你爹了。"

我才想起来，我已经很久没去拜我爹了。等她背过身走出去，我便翻出我口袋里特意带回来的外国烟。他这一生，从来都没抽过这样包装精美的烟，我要在他的坟前为他点上两根。

八

我爹走后，我娘把一大部分地租了出去，在镇上带着我卖热汤面，只剩下一小片是别人不准动的，她自己也不动，就这么荒了下去，成了一片杂草丛生的守望之田。去拜我爹之前，我到那片荒田看了看。

萧萧瑟瑟的风拂过枯叶，让我觉得凉森森的不舒服。我拿手电一照，一道煞白的光将地里分割成白天和黑夜，亮的地方更亮，黑的地方更黑，成了一片爱恨分明的田。顺着那强光看过去，我看见了一把锈迹斑斑的锄头。锄头的主人是我爹，这让我想起我爹锄地的样子。

他瘦溜的脊梁光着，嘴上叼着一支蛮横的象征着权威的烟，裤脚卷起，头上戴着那种随处可见的金麦色草帽，黝黑的皮肤晒得有些发红，弓腰的样子像头沉默寡言的老耕牛。他嘴上那忽明忽暗的火星，吸进去就亮一下，呼出气又暗下去，狠狠抓住了我的眼球，惹得我眸子里生出火一样的渴望。那玩意儿我娘向来不让我动，连碰都不能碰，我嘴上说"好好好，不碰"，心里却为达到自己"不齿"的目的蓄谋已久。

我七八岁的时候，认为自己是个大人了，既然是大人就要干大人的事，我还非得尝尝那闪亮亮的玩意儿是什么滋味。终于，在一个酷热的中午，我娘正在睡午觉，我蹑手蹑脚地出了屋，学我爹那样，把裤脚卷起来，沿着土坑的路小心翼翼地走过，猫在我爹身后，等着他扔烟头。

年幼的我盘算好，他往后一扔，我就去捡，还能尝上两口。结果，我爹向空中抛射的烟头，稳扎稳打地弹中我的胳膊，我龇牙咧嘴地叫唤着："爹，疼，疼！"

我疼得号啕大哭起来。

我爹一回头，见我学他光着膀子、卷着裤脚，最哭笑不得的是，为了怕他发现，我的头上还插了几根树枝当掩护。

我爹扔下锄头，抱起我往屋里快步走，边走边埋怨道："你个小兔崽子，不睡午觉跑到地里来干什么。"

我知道自己做错了事，不好搭腔，只好埋在我爹的胸膛里装睡。我爹的胸膛宽如大海，心跳则像击鼓一般铿锵有力，迸发着深沉的新鲜的回响。他身上那股麦地、汗水、烟草混合的味道，沉重得让我永远难忘。那股味道吸进我的身体，埋在我的脑里，成了潜伏在记忆深河的甘甜而冰凉的河水。

我爹抱着我稳稳地回了屋，我娘一听外面的动静，再一看那小床上的红花被子掀翻着，才发现我在睡午觉时出逃了。

我爹破口大骂："这个小兔崽子，不好好睡觉，要造反哩。"

"还不是你这个烟鬼闹的。要不是你偷着抽烟，他会跟你学吗？"

我娘说着，眼尖地一下就看到了我手臂上的伤口。她不再抱怨，按住我爹的手说："这孩子伤着了，快弄点药。"

我爹被我娘这么低沉地一挡，一下就没了上蹿下跳的劲儿。那些年，我娘就是用这种举重若轻的力道，为我挡住了屋外的春寒秋冻、夏雷冬雪，以及我没了爹的那些日子。

后来，趁我娘睡午觉，我爹在门口冲我小心地招手，眼角的褶子因为紧张而有些紧绷。我会了意，便一骨碌爬起来，跟着我爹到麦地里。我爹蹲在地上，和我差不多平齐，把抽了一半的烟塞到我嘴里，对我说："就一口，别告诉你娘。"

我得了便宜，赶紧卖乖，捣蒜似的点头，�’着小嘴用力吸了一口，呛得眼泪直流。爹笑着看我说："不愧是我的儿子，有胆量，以后肯定是条好汉。"

我的回忆被一阵鞭炮声和孩童的嬉笑声打断，我把手电的光转向回到里屋的路，那片荒地像安睡的归路人，悄无声息地再次陷入一片漆黑的沉默。

我去给我爹上坟的时候，凤跃村月明星稀，夜幕撩人，鞭炮声仍然不绝于耳，炸响在空荡的山谷间。我娘捂着耳朵说："真闹人。快，点上一炷香，拜拜你爹。"

我划开一根细火柴，那一株火苗"噌"地一下照亮夜幕，刺得我睁不开眼。我适应了黑暗中的强光，便迎着风点好一炷香，插在我爹坟头。我娘从篮筐里端出一碗面，将一双老旧的木筷摆在碗上，恭恭敬敬地放在碑前。她自言自语道："这儿风大，有点凉了。"

我给我爹点上一支外国烟，我娘转过来对我说："喂，再拿一支来。"

我心生疑惑地递给我娘，只见她也划开一支火柴，给自己潇洒地点上，放进嘴里。我娘以前总拿抽烟的事情教训我爹和我，现在自己却成了"共犯"。

　　"你这可不对，只许州官放火，不许百姓点灯。"

　　"那是你走了我才学会的，而且，我很偶尔，很偶尔才抽一支。"

　　我眨巴着眼睛说："真的吗？"

　　我娘目光闪躲，心虚地点点头。

　　"这可是外国烟，感觉怎么样？"

　　我娘吐了口烟圈说："儿子给的，自然舒坦。好嘛，我替他抽了。"

　　我把剩下的烟统统塞到我娘手里说："娘，你拿去抽吧。"

　　我娘把烟塞到兜里说："这可是你非要孝敬我的，我就拿着啦。每回来看他，我就给他点上一支，就说这是你孝敬的。"

　　给我爹上了坟，我娘就和我回家去过年了。我们简陋的木桌上摆满了瓜子和花生，我娘最拿手的热汤面早就为我摆好，麦香四溢，里面撒满了翠绿飘香的葱花。

　　我娘又往我碗里多加了几滴香油，小心翼翼地问我："你和白芸怎么样啦？"

　　我自顾自地低头吸溜面条说："这面有长进，快给我说说你有什么秘方？"

我娘不接我的茬，把我的碗推一边去："你俩是不是掰了？"

我大手一挥，把碗又抢了过来："我俩同年同月同日生，我们是命里定的。"

我娘那张布满皱纹的脸愁容满面，低沉地说："你就别骗我了，那个红颜祸水，哼。你啊，长点心吧。"

我听了这话，别别扭扭地来了一句："你别这么说她。"

我说完这话之后，总觉得哪里不太对劲。我娘直愣愣地看着我碗里搅开的葱花发愣，过了一会儿，那浑浊的眼球流下了两行枯枝似的泪水："儿大不由娘啊，你胳膊肘往外拐啊……呜呜……呜呜……"

我赶紧给她夹菜，边夹边说："得了得了，我不好，我不好还不行嘛……"

我娘一看我认错，更是气得把碗推到一边："你别给我夹菜，我吃不起。儿大不由娘，养了也白养……"

我发现我娘的文化造诣虽然不高，却有极佳的口才，她总能从"儿大不由娘"接上不同的诗句，还很有押韵的意思。比如，"儿大不由娘，成了白眼狼"，"儿大不由娘，养了也白养"。我娘的哭声弄得我头疼，我一拍桌子喝道："别哭了！"

我娘像个孩子似的止住了眼泪，尴尬地吸溜了一口面条。

我对她说:"娘,你变得像个孩子似的。"

她不搭理我,自顾自地吃完了她那碗热汤面。

过了一会儿,她对我说:"无论如何,你高兴就好。"

她抚着我不长草的脑门儿,一双皱巴巴的手在上面摩挲,涩得像柴草,像是个常年干苦力活的拉车人。要不是我意气用事地剃了头,图个六根清净,我永远也不会触到那样一双女人家的手。就像被弃工的没修完的道路,凹凸不平,颠簸得让人心烦意乱。

"你看你,剃个光头,大冬天的多冷哪。"

我拿开我娘的手说:"剃头不就是图个六根清净嘛。放心,总有一天,我得把咱家的房子换了。"

"你就别折腾了,我能住多大的地方?本来我就个子矮。"

我给我娘满上一杯酒说:"来吧,咱们两个喝一杯。"

我和我娘拿起酒杯碰了碰,相视一笑。

我娘小心地说:"你春红姨说,白芸也回来过年了。你要真想见她,娘不拦你。"

我装作没听到,只是装疯卖傻地又喝下了几杯酒。等我回到屋里,便望着屋外皎洁的月光,一夜未眠。

九

我再见到白芸的时候，是在我小时候向她求亲的那片麦地里。

那天，我自告奋勇地替我娘去成裁缝那里取修补的衣裳，待我路过麦地时，我故意停下了脚步多看两眼。我注意到，有个长发飘飘的女人正独自坐在田埂上发呆，落日的余晖把她的脸颊照得通红，我马上便认了出来，那是白芸。

我像踩了风火轮似的快速往前滑了几步，最终还是忍不住倒了回来。我走到田埂上，拍了拍她说："好久不见。"

她转过头来看我时，眼眶凹陷地挂在那张憔悴的脸上，变得快要认不出来了。

"阿旺，是你。"

我有些局促地抿了抿干燥的嘴唇，又重复了一句："好久不见……"

"你也是回来过年的？"

"嗯，早就想回来了。外面再好，总要回家看看的。"

她的头发变得更长，而我却剃了个光秃秃的亮蛋，这算是我们许久未见的些许差别吧。

我们两个沉默了好半天，看得蚂蚱都着急起来，燥热地在我们脚边跳来跳去。

我憋了半天，小心翼翼地问她说："恭喜你呀，当上皇后了吧？"

她摇摇头道："唉，哪有这么容易呀。"

"慢慢来，总会好的。"

"没有钱，谁也捧不了你。看来，我就是个演丫鬟的命了。"

她说着说着，突然冲我哭了起来。

我伸出手，将兜里的奖票掏了出来："小婆娘，别哭了，我现在有钱了。"

她暂时止住哭声，抬头瞅了瞅我手里的奖票："这是什么？"

"你可别小看这薄纸一张，它可值一百万哪。你仔细看看，这可是八爷的手印。"

她拿过来看了看，又对我说："阿旺，你还不知道吗？新局长上马，八爷也没了保护伞，他那赌庄早就完蛋了，你这已经是废纸一张了。"

"你放心，八爷答应过我，立春之日，一定把一百万兑给我。只要你想做皇后，我肯定帮你。"

"阿旺。"她张开双臂，突然从背后抱住了我，"你对我真好。"

我刚要开口，她突然把我推开道："等你成了百万富翁，再回来找我吧。到时候，我肯定跟你走。"

夜晚，窗外和煦的暖风吹过，我的脚丫子也跟着节奏欢快地摇晃。我喜不自胜地伸手去摸我的衣兜，一想到那宝贝奖票在里头静静躺着，时刻等待我的召唤，我的脸上就忍不住绽开了幸福的红晕。

　　可我的手却碰到了一股不妙的穿堂风，它射穿我的手心，让我忍不住打了个哆嗦。我低头一看，我的奖票消失得无影无踪，等我摊开手心，只能瞅见几条稀疏的掌纹，那感情线和事业线越长越乱，快成世界地图了。

　　"我的奖票呢？"

　　我那张按着八爷红手印的奖票，竟然凭空消失了。

第五章

一

尽管我把凤跃村翻了个底朝天，可还是没有找到那张奖票。吴成坤见我青苔似的胡楂洒在脸上，眼圈乌云密布，整个人像扣了一盆墨汁，就嬉皮笑脸地冲我说："我说什么来着？你注定是成不了百万富翁的。哎呀，天下哪有什么白来的午餐呀。"

"滚，让我静静。"

现在想来，我也不清楚，那时的我怎么会想到寻死这条路。若我从未遇见这张奖票，我的人生也不至于如此拧巴和纠结，可我却在七里关和它相遇，它的出现，注定改写我的一生。

我把上次去暖香楼穿的丝绸衣裳拿出来，挂在屋梁上，系成一个圆圈。我想起我爹的鸡毛掸子、我娘的酒坛子、白芸的羊角辫等等，所有那些给我灌入强烈情感的乱七八糟的东西。它们曾经一次次地刺激着我孱弱的神经，让我感到心花怒放的自由。

　　我搬了一把椅子，仔细地擦去上面的灰尘，颤颤巍巍地站了上去。我盘算着，要不要将脑袋伸进这个死结里，从此告别这个无情的世界。

　　谁知道，吴成坤打扰了我的雅兴，他将我的门哗啦一声推开，洪亮的声音把我吓得一哆嗦："喂，阿梅来找你了！"

　　他们两人一看我站在椅子上，面前还挂着打了结的丝绸衣裳，便像看怪物似的望了我一下，又面面相觑地对视了一眼。

　　"你个臭光头，有什么想不开的？快，给我下来。"

　　我摆摆手说："你帮我的够多了，就别再管我了。"

　　阿梅从手腕上把那只金镯子硬生生地拽了下来："这镯子我不要了，你赶紧拿去，换点钱花吧。"

　　我冲她摆摆手说："阿梅，我知道你对我有情有义。算了，我们来生再见。"

　　其实，我也不确定我是否真要走上寻死这条路。我想，我也只是沮丧至极，胡乱说些丧气话罢了。可那傻阿梅却当了真，她盯着我看了一会儿，便冲过来将我整个人往下扯，边扯边喊："快把他拖下来，他要寻死！"

吴成坤一听这话，也彻底慌了手脚。他撕心裂肺地朝我喊道："兄弟，你年纪轻轻的，可别想不开呀！再说了，你还欠我十倍利息咧！"

吴成坤和阿梅把我扯了下来，我的背脊摔在冰凉的地板上，疼得嗷嗷直叫。阿梅狠狠踹了我一脚，气喘吁吁地说："你个孬种，害得我刚盘的头发又乱了。"

我喃喃自语道："这下可好，我的百万富翁做不成了，白芸也不会回来了。"

"呦嗬，不就是个女人吗？不至于的。"吴成坤眯起眼踢了一下我紧绷的腿肚子说，"看你没出息的样儿，还是大哥我给你指条明路吧。"

"事到如今，我哪还有什么明路？"

"你去找成豆豆呀。"

"你说那个小结巴？他能顶上什么用？"

"哎呀，他现在可是七里关的巡警，眼睛长在头顶上啦。你去找找他，说不好有点门路。"

阿梅对我使了个眼色说："当然，当然有门路，功夫不负有心人嘛。阿旺，你得活得好好的，留着力气干大事儿。以后可不许提死不死的事儿了。"

我的脖子早就胀得酸疼，听完他们的话，我赶紧顺势说道："你俩说得对，我年纪轻轻的，再多活几年也无妨嘛。"

二

　　我再去见成豆豆的时候，他正缩在局子里打瞌睡。他看我来了，就把警棍耀武扬威地挥舞一番，放在桌上，对我说道："呀，这不是我的老乡阿旺嘛。哪阵风把你吹来了？"

　　"成大警官，我是来找你办案的。"

　　"什么案子呀？说来听听。"

　　"我丢了一百万，你管不管？"

　　"你要是有一百万，母猪都会上树啦。"

　　"千真万确，我是在八爷赌庄赢来的奖票。"

　　成豆豆突然从椅子上弹起，连忙拉了把椅子让我坐下。他给我倒了杯白水，还递上了一支烟。成豆豆凑近我，我连他脸上的脓包都看得一清二楚。他压低了声音问："你见过八爷？"

　　"我……"

　　"他可是我们的重点通缉犯，快告诉我，他在哪儿？"

　　"我不知道。这和我的奖票有什么关系吗？"

成豆豆的眼睛滴溜溜地转:"有关系呀。八爷现在可是我们警局的香饽饽,大家都想找他立功哪。你要是帮我立功,只要我抓住他,你的奖票肯定不是问题。"

我从成豆豆那里回来后,心烦意乱了好几天。我把他的话一字不差地告诉了吴成坤,他倒是一语道破天机:"那是成豆豆想立功。你想想,八爷要是被抓了,你的奖票还有戏吗?你是猪脑子呀?"

听吴成坤这么一讲,我心里也没了主意。

吴成坤紧张兮兮地说:"这么看来,警局那边早有动作了。咱们的房契得赶快呀,八爷要是被抓了去,咱们和洪大毛的赌约不也就泡汤了吗?"

"我一门心思都在我的奖票上,哪里还管得了你的破房契。"

"咱们要是把洪家面馆弄到手,我就把一百万借你。你个没出息的家伙,不就想在女人面前耍耍威风吗?只要咱们弄到房契,你的一百万不是问题。"

"此话当真?"

"那是当然。有了洪家面馆,你的一百万算得了什么呀。"

三

我去洋火大街的那天，晴空万里，天气格外爽朗。远远一看，门前石狮子守着，三层高的小楼气宇轩昂。我绕着石狮子绕圈圈，犹豫着不肯迈步子。我望着那卷毛的龇牙咧嘴的石狮子说："你天天跟门神似的杵这儿，倒是比人还威风。"

等我再次踏进洪家面馆，里面的生意如往常一样红火，我见洪二香正忙着招呼客人，便将她堵了下来："掌柜的，好久不见。"

洪二香转过身来说："阿旺哥，是你呀，我可等你好久啦。"

"我就不和你兜圈子了，你肯定知道我为何而来。上回你和你哥打架，我看是家事不好掺和，这回，你总该把房契给我了吧。"

洪二香笑笑说："有这回事吗？八爷赌庄都被封了，这房契还作数吗？"

"那是八爷的事，和我们没关系。只要是洪大毛签的，当然就作数。"

洪二香笑着说："你可真是个固执人。好呀，既然你想要房契，就跟我来。"

她把我带到她的闺房前，撩起她的碎花布帘。我说："把房契放在自己的闺房，掌柜的果然是聪明人呀。"

洪二香把门轻轻一带，对我说："光头，你先转过去。"

我警惕地看了她一眼："怎么，你又要诓我？"

洪二香低头浅笑："我哪里敢？说起来，你也是我的救命恩人哪。"

等我转过身去，便听见一阵古怪的窸窸窣窣的声音，过了一会儿，洪二香说："你转过来。"

再等我一回头，洪二香浑身只剩下一件开了叉的白色睡裙。洪二香对我说："光头，我看上你了。"

她话音刚落，我的鼻血便不正不当地从鼻孔里喷泻而出，吓得她花容失色："哎呀，哎呀呀。光头，你怎么流血了？"

洪二香扶着我的头，让我躺在她的碎花床单上，把两团棉花塞到我鼻子里。我仰着头，洪二香就那么看着我，我把头扭过一边去，又被洪二香扳回来，她笑嘻嘻地说："怎么，你是没见过女人？看你没出息的德行……"

我此刻很想找拐子李算一卦，问问他，我的桃花运是不是来了。这运气就跟流星似的百年不遇，可我一遇到这种大运，就招架不住，引来血光之灾。我觉得自己的命活成了一团乱麻，两团棉花在鼻孔里塞得难受极了，那张房契也被我抛到九霄云外去了。

洪二香在我旁边躺了下来，踢了我一脚说："过去点儿。"

我往旁边挪了挪身子，洪二香支着身子看着我。

我扭过头去说："你看我干嘛。"

洪二香说："我就看你，你管不着。"

"你……你怎么能在我面前……"

洪二香对我略有埋怨："你这个铁心肠的，仗着我喜欢你，故意让我难堪吗？"

"不是我故意让你难堪，这……这……不合规矩。"

"哪来那么多规矩？我就不信，你对我不动心？那你替我出什么头？你是存心看我笑话吗？"

我说："我……鼻血一来，忘了那事儿了。"

洪二香一听这话，哈哈大笑："你别臭美，我也不是真想把你怎么样。本来我想勾引你，再喊非礼，把你关局子里去，看你还敢不敢问我家要房契。"

我浑身一颤，打了个激灵，心想还好这一汪鼻血流得恰是时候。

"女侠呀，你就放过我吧。"

"好啦，臭光头，我敬你是条好汉。说实话，我是真心喜欢你的。但是，房契我可不能给你，那是祖宗的根。"

"我明白，可是有句话叫愿赌服输，从道理上，你这面馆就是吴成坤的。"

"一来八爷赌庄被封，你这赌契站不住脚；二来我爹娘要我管着面馆，等我哥那个败家子年过三十再给他。所以，这面馆到现在为止，还是我洪二香的。他洪大毛答应你，关我什么事？不还是竹篮打水一场空嘛。"

"你是说，这洪家面馆本来就不是他的？"

"我爹娘早就算到那败家子儿会坏事，我才是这面馆的掌门人呀。"

我两手堵着鼻子说："你们这帮文化人真难缠，害我跑前跑后地忙。罢了罢了，我走，我走还不行嘛。"

洪二香伸脚踢我，又撇撇嘴说："哼，说走就走，无情的东西。你得不着钱更好，省得你去找那个臭妖精。我问问你，你到底喜欢她什么？"

"我们俩是同年同月同日生的，那是命里定的。"

洪二香听完我的话，仰天大笑道："这同一个时辰出生的人多了，凭什么你就和她是命里定的？我看，你和我才是命里定的。"

"亏得我是个正人君子，否则今天你就跑不了啦。"

洪二香朝我眨眨眼说："我可没想跑。光头，我问你，我们洪家和吴成坤无冤无仇，为什么他偏要把我们家逼到绝路？"

"当年吴成坤到你家做工，他打碎一个碗，你们就把他赶出门，你知道这件事吗？"

洪二香的头摇得像拨浪鼓："不可能，我对伙计一向很好，从来没有因为这种小事责罚过他们。"

我说："那是你哥洪大毛造的孽。他打碎了碗，正赶上你哥输了钱，拿他出气，捡起一块碎片就要扎死他。你哥这么做，等于拆散了一对有情人。"

"此话怎讲？"

我说："这说来话长……"

洪二香听完我全部的话，不禁感叹："想不到，那狗东西还挺有情有义。"

"那狗东西长身体的时候，吴小月净把好吃的留给他。那狗东西一个人漂着，有女人这样对他，免不了动心。"

洪二香被我逗得咯咯直笑："你怎么也学我，叫他狗东西？"

"废话，他收我十倍利息，我不叫他狗东西叫他什么？"

"你这光头，还挺有意思。我问你，我和白芸，谁对你好？"

洪二香见我半天不说话，便把我一脚踹下床去："行了，我放你走。记住，以后少在老娘面前提那个臭妖精，我和你才是命里定的。"

四

"英雄楼崛起计划"泡汤后,吴成坤也变得郁郁寡欢,成日捶胸顿足。

"唉,我吴成坤千算万算,还是没算过洪家的老祖宗们哪。"

"谁想得到,洪家面馆竟然捏在洪二香手里?算了,我看你还是老老实实做买卖吧,歪门邪道肯定是行不通的。"

自那时起,我便将全部心思放在找回我的奖票上。我想,八爷是帮派之主,肯定讲江湖规矩,况且他在我的奖票上按过手印,如果他肯放我一马,不用奖票就把我的一百万给我呢?

有了这样天真无知的想法后,我便忐忑不安地去找阿梅。可我到了暖香楼,却被里面的姑娘拦了下来:"阿梅不见人。"

"你就和她说,我和她有金镯子的交情。"

阿梅的老乡瞅了瞅我的眉眼说:"哦,我想起来了,你是阿旺,英雄楼的伙计。"

等我点头默认后,阿梅的老乡突然调皮地喊了起来:"阿梅,快出来,你的心上人来看你啦!"

"你少胡说!让他进来吧。"

我见到阿梅的时候,她的脸色铁青,就像干枯的泉水,把我着实吓了一跳。

我挤出笑容道："好久不见，你还是美若天仙呀。"

"阿旺，别哄我啦，我的脸色肯定难看极了。"

"我说天仙就是天仙嘛。阿梅，我有事要找你。"

"又是为了你的破奖票吧？臭男人，我就知道你不是为我。等我把水喝了再说。"

她大口大口地喝完水，便脸色苍白地问我："说吧，怎么了？"

"我的奖票丢了……"

"什么？真的吗？"

"真的丢了。能不能帮我和八爷说说情？"

"没有凭据，八爷完全可以不管你呀。我这忙前忙后的，算是白帮你了。"

"你就不能和八爷说说吗？"

"你又不是不知道，我已经和八爷两清了。"

"男女的事，谁说得清？这回动真格了？"

"这回真的散了，缘分尽了，"阿梅苦笑道，"老太太不同意，以死相逼。"

"你也别灰心，牛郎织女也有相逢的一天。"

"你呀，净拣好听的说。无所谓，就当是黄粱一梦罢了。"

"别说丧气话，来日方长嘛。"

她摇摇头说："想什么？一会儿就不用想了。"

那时候，我并不知道阿梅喝了农药。她两手捂住肚子，蜷缩成蜗牛状，不停地出汗。

我不无失望地叹气："这么说来，我那奖票估计是没戏了。"

"我肯定是帮不上你了。不过，你那金镯子还在我这里，你要是急用就拿去吧。"

"算了，我一个大老爷们儿，也用不上那玩意儿。"

之后，阿梅就盯着我的眼睛，看了很久很久。她把我盯毛了，我便问她："你这么看着我做什么？"

阿梅一字一顿地对我说："你是对我最好的人了。"

阿梅的眼睛里有种水墨画般浑浊不堪的灰度，与此不同的是，她突然变得红光满面，生机勃勃。顺着往下看，她光滑的脖子变得肿胀起来。

"我喜欢姑娘，其实我应该生个姑娘。可惜我没那个福分。"

"播啥种还由得了你？"

"就是由得了我呀。你们男人哪，没一个好东西，生个姑娘以后做我的小棉袄，免得被狐狸精勾走了。"

"男女都一样，大了不由人。唉，可怜了我的一百万，眼睁睁地就要打水漂了。"

她的汗水浸湿了她额头上的眉毛，脸上的脂粉因为汗水开始溶化，透出一种反向的光弧。她蜷缩成一团，气若游丝地对我说："完了，完了。"说完，她整个人蜷缩起来，伸出一只手拽住我的胳膊，猛地狠命咬下去。她的样子把我吓得大喊道："快来人，要出人命了！"

她的眼睛里像流失了一束光，喃喃自语道："谢谢……"

"你说什么？来人，来人呀！"

"谢谢，阿旺……"

说完，她疯了似的伸手去抓什么东西，似乎要将空中的尘埃收纳囊中。过了一会儿，阿梅的脸渐渐没了血色，就像天空尽头安然消散的晚霞。阿梅伸出一只枯瘦的手，够到床垫下面翻腾，掏出两只金镯子，放在我手里说："给……你……别忘了我的碑……碑……"

说完，她头一歪，咽气了。

她的绣花枕头底下压着一封遗书，上面有一股淡淡的阿梅常擦的脂粉味。她的味道和别人不一样，尤其得淡，闻着就像没有似的，可一离开却发现少了点什么。她那封遗书很简短，就好像那种嘱托谁去菜市场买一袋盐的便条。我觉得这样的信作为遗书，太不庄严肃穆。信里关于我的只有寥寥几句："阿旺，我的金镯子是给你的。别撒海里，给我个白碑。"

我照她的意思办，给她立了个白碑。我在碑前对她说：
"我替你把事儿办妥了。这儿有树有草，你能安生了。"我从
衣兜里掏出一个陶瓷娃娃，"给你买了个娃娃，和你一样，大
眼睛长头发。你就把她当成你的姑娘，让她陪你吧。"

　　我拨开旁边那些枯黄的杂草，把陶瓷娃娃放好。我看了
看，甚是满意，因为那娃娃的眼睛和阿梅很像，水汪汪的大
眼睛，招人喜欢。只是阿梅的眼角有一些细密的鱼尾纹，而
这个陶瓷娃娃的脸上却永远光洁如新。

　　我拨开枯黄的杂草说："看看你这漂亮的姑娘，不给你丢
人吧。"但是，那一片孤野的乱坟中，没有人回应我。

五

　　我终于等来了八爷的通知。

　　八爷在这期间让"萝卜头"给我捎话，让我在立春那日
去找他。"萝卜头"说，他给我兑了奖，便将离开弓城，从此
隐姓埋名，远走高飞。

　　他刚要转身，我支支吾吾地叫住他问道："要是我丢了奖
票……八爷还会给我兑奖吗？"

　　"开什么玩笑，你以为这是毛儿八分的事儿哪？这可是

百万大奖，无凭无据的，八爷凭什么给你兑奖？"

"哎呀，我就是跟你开个玩笑，"我满头是汗地转移话题，"你们八爷真是神通广大，黑白两道都挺他呀。"

"老话说，无毒不丈夫嘛。""萝卜头"冲我眨眨眼，"八爷把新来的局长给……嘿嘿，无所谓，我们要跟着八爷离开弓城啦，以后跟着他，可有好日子过了。"

我吓得满头是汗，可又听得半懂不懂，只好顺势拱手说道："好呀，萝卜头，恭喜你呀。"

这期间，我的昔日情敌成豆豆成了英雄楼的常客，他三番五次地来找我，每次来了都要点上一碗我的祖传热汤面。

"阿旺，你听说我们局长的事了吗？"

我谨慎地回答他："这……我不太清楚。"

"我们新上任的局长，年轻有为，一直想好好整治七里关。可是，他这样的好人，却被奸人所害，不幸殉职了。"

我这才想起来前几天闹得满城风雨的新闻——"新局长被人以钝器重击脑部，不幸英年早逝。警局正全力抓捕凶手归案。"我脑里不住回想起萝卜头的那双眼睛，简直让我冷汗直流。

"阿旺，到现在，你还不肯告诉我八爷在哪吗？我告诉你，不止新局长，八爷身上可还背着好几宗命案。难道你真要让这样的恶人逍遥法外？"

"成豆豆，我知道你想立功上位。可是，"我咬了咬嘴唇说道，"八爷要是被抓了，我的奖票也就打水漂了。"

"阿旺，我承认我想立功，可现在新局长死了，事情再也不像以前那么简单。你仔细想想，这可是人命关天的大事。"

"你让我想想。"

成豆豆拍拍我的肩膀说："只要你想通了，就来警局找我，随时恭候。"

六

那段时间，我的脑子总是不听使唤地胡思乱想，我的脑海里常常回响着我爹的嘱咐："做人要正直，做事要用心。"

可是，我的决心绝非一朝一夕之间就能下得了的。

我再见到成豆豆的时候，他眼眶里布满着红色的血丝，整个人也瘦了好几圈，看上去十分憔悴。他看到我来了，便有些局促地站起身来说："阿旺，你来之前我的心止不住怦怦直跳，我怕你反悔呀。"

"成豆豆，有句话我想好好问问你。"

"有什么尽管说。"

"你为什么要当警察？"

"这……我以前是个不被看好的结巴，就算我说话不利索，可抓坏人这件事，我是可以办到的。我打赌，你们都没想到我能美梦成真吧？"

"那倒是，"我点点头道，"你能当上警察，让我们都大吃一惊。"

"所以呀，这世界就是这样，只有你努力，才有希望，否则连希望都没有啦。"

"你凭什么觉得我会答应你？"

"我成豆豆打小就认识你。阿旺，你是个有良知的人，不只你，你娘秀莲，你爹根生，他们都是好人。"

等七里关警局的精英警官们到齐后，我和成豆豆便不再闲唠家常，开始上起了真真正正的硬菜。我听那些精英警官们头头是道地分析案情时，脑里却布满了阿梅的模样和她坟头的那个漂亮小娃娃。虽然我一开始也认为那样的轻薄女子，顶多浑浑噩噩地过完一生，可现在的我，却比任何时刻都袒护她。说来讽刺，我对她最好的时候，却是在她走了以后。不知道我对她的好，她在天上是否能看到。

最后，成豆豆拍了拍我的肩膀道："阿旺，我代表全体警察感谢你，等你把八爷一引出来，我们就立马将他缉拿归案。"

七

立春那日，四处生机盎然。我越走近八爷的府邸，越感到心跳加速。我故作镇定地深深吸了一口气，终于鼓起勇气，敲开了那扇布满灰尘的门。

八爷看到我，笑眯眯地将我迎了进去："阿旺，你来啦。"

我不慌不忙地拱手作揖道："八爷好，我来兑奖了。"

"来，跟我来。"

"去哪里？"

"跟着我走就知道啦。"

他扒拉开杂乱的草丛，招呼我跟在他身后。等我跟着他一步一步地走过昏暗的楼梯，我们终于到达了幽暗的密室。

"阿梅的表哥，近来可好？"

"老样子。"

"嘿嘿，我八爷答应过你，就肯定不会食言。来，把奖票给我。"

"八爷，我有件事要告诉你，我的奖票丢了。"

"丢了？"

我的眼睛滴溜溜地转，尽量拖延时间："八爷，你是知道我中了一百万的。我来就是想和你商量商量，没有奖票能兑奖吗？"

他朝我阴冷一笑："小伙计，没有奖票，你还敢来这里？你可真有胆量呀。"

　　"关于这奖票嘛，咱们可以好好商量。"

　　"商量什么？"他突然堆上一脸假笑，"你该不会以为，我真要给你一百万吧？"

　　他笑嘻嘻地朝我逼近："阿旺，我问问你。你的表妹阿梅，是不是把我要逃去哪里都告诉你了？"

　　"八爷，你就不必提阿梅了。她都被你逼死了，你还要让她不得安生吗？"

　　"哈哈，小伙计，你倒是伶牙俐齿。唉，可惜了，"他对我露出一丝狰狞的笑容，"阿梅死了之后，我总是担心她一个人太寂寞。阿梅的表哥，你就当做件好事，替我陪陪她吧。至于你的一百万，到了那边我再给你！"

　　他说完后，便一跃而起将我扑倒在地："敢威胁我，也不看看自己是个什么东西。做人呀，不能太贪心。"

　　我的喉咙被他狠狠掐住，一种无边无际的窒息感朝我涌来，被人阻断呼吸的焦灼，让我快要发疯。在我的视线变得越发模糊时，我听到一阵急促的脚步声，紧接着是凌厉的三声枪响。

　　"八爷，你的好日子到头了！"

　　模模糊糊中，我看到成豆豆冲了进来，他将八爷从我身上扒拉下来，其他人跟着一拥而上活捉了他："法网恢恢，疏而不漏！咱们替新局长报仇了！"

抓捕八爷的整个行动快如闪电，如同疾风骤雨一般。没等我反应过来，成豆豆拍着我的肩膀说："干得好！阿旺，你可是我们的大英雄！"

然后，成豆豆搀扶着虚弱的我走出了八爷赌庄，当我踏出门口的那一刻，我看到了一个老相识。她有一双水汪汪的大眼睛，她的眼睛大得像铜盆，鼻子高得像枯竭的树干。她和我是同年同月同日生的。

她拼尽全力想要冲到八爷面前，却被警察挡了回去，只好边哭边喊道："八爷，你怎么被人给拷起来了？我是来找你兑奖的！上面有你的大红手印，你可不能抵赖呀！"

我定睛一看，我丢失的那张奖票正紧紧攥在她手中。

她见我冷眼望着她，便又冲我大吼大叫道："你有什么不服气的？我告诉你，就是我偷了你的奖票！有了它，我才能当上皇后！可现在好了，八爷被抓了，我什么都没了！"

那一刻，我们看似近在咫尺，实际上，早已远隔万里。

"八爷已被捉拿归案！我宣布，八爷赌庄，封！"

八

我一下成了七里关的热靶子。是的，我阿旺成了个名副其实的英雄。当年的报纸头条是这样写我的："弓城面馆小伙计，飞天破案大英雄。"

洪二香拿着报纸来找我的时候，是这样对我说的："我是铁了心要跟你。你这样的好男人，我绝对不会放过。"

"洪家掌柜，那你得仔细想想，我现在可不是什么百万富翁了。八爷被抓，我又变得一无所有，只剩下一双手了。"

"我敢打赌，只要你有一双手，你就能成为百万富翁。"

在很长一段时间里，英雄楼常被记者们挤得水泄不通。他们来的时候，总要让我一遍又一遍地重复我的英雄事迹，他们问我：被掐住脖子的时候害不害怕，紧不紧张？大难不死，是不是必有后福？这时，吴成坤总要挡过我的身体，抢几句没头没脑的话说一说："哎呀，太惊险啦，差点就没命了呀。"

吴成坤对我说："阿旺，你这回真成英雄啦。我得承认，我们是跟着你沾光啦。"

我笑道："你能不沾光吗？我的话都被你抢去了。"

"阿旺，你说说，你被掐住脖子的时候，怕不怕呀？"

"什么怕不怕的，到那个节骨眼上，谁还管得了那么多。"

人家都说，经历了生死的人，就容易对很多事情看得开，我想我就是这样的。从鬼门关那里走了一遭，我整个人也变清醒了。无论吴成坤如何挽留，我都打定了主意离开英雄楼。我想凭着自己的双手闯荡一番，我想，只要我的手艺还在，成为百万富翁，也不是不可能的事。

　　"阿旺，何必要自己出去闯荡？等我一有机会，就把洪家面馆弄过来，咱们肯定能发财呀。"

　　"我还是自己出去单干吧。我劝你呀，也别弄这些歪门邪道了。做生意要讲诚信，这样才能走远。"

　　听我这么说，吴成坤的嘴巴也绝不服软："你个倒数第一，还教训起我来了。你看看你，逞了一时英雄，百万富翁也当不上了，还有什么好说的呀。"

　　"我靠自己的双手，肯定能成功。"

　　"你还真是傻呀。你一碗一碗地赚钱，要到什么时候去？"

　　"有句话说，做人要正直，做事要用心。只要好好做，总是有希望的。"

　　他听我这么一说，气得胡子都歪到一边去了，我心里当然知道他打的什么算盘，没了我的祖传甘峡热汤面，他吴成坤就要踏踏实实地靠自己了，可不能再指着我替他卖命。不过，他见我主意已定，也不好再留我，就这样，我便自立门户，开始单枪匹马地干了。

我开始单干的时候，只有那么一点工钱做本金。洪二香非要拉我去洪家面馆帮工，可我知道，一旦成了伙计，我就没有了话语权，相当于又回到了原点，于是我便拒绝了她。

　　洪二香对我说："阿旺，我知道你倔，可你想想，你在我这儿干，有什么不好？"

　　我胡乱编了个借口："我和你哥洪大毛不对付，他脾气暴，我受不了。"

　　经历了生死的我，心中开始有了坚定不移的目标。我阿旺要创办属于自己的面馆，哪怕再苦再累，我也要坚持下去。

　　我看上了一个铺面，由于位于七里关一个偏僻的把角儿，所以价格还算合适，而房东恰巧还是"英雄楼"的那个大姐。我找到她，坦率地对她说："大姐，实话告诉你，我现在本金不多，还要留着进货。租金上面，能不能优惠一些？要是我以后买卖做大了，你再涨也不迟。"

　　我想她听了我的话，肯定要绕一绕圈子推托，没想到她主动对我说："大英雄，这铺子你先用着，不着急。你这样的好人，肯定是会有好报的。"

　　等房东说完这话，我突然明白，我爹留下的那两句话重于泰山。

　　"做人要正直，做事要用心。"我阿旺站在了正义的一面，别人自然是会看到的，而这世上总是好人多，对于善良的人，大家总是有所偏爱的。

论位置，我是比不过洪家面馆；论牌匾，我又比不过英雄楼。可它却是我在弓城的起家之地，也是我阿旺开启新一轮人生的起点。

当我租下铺子，一个人整理收拾时，一个清脆嘹亮的女声传来，把我吓了一跳："老板，是要招伙计吗？"

"小店刚开业，没有伙计。"

"那就先赊着，等你发家致富了，再给我结工钱也不迟。"

我一转身，洪二香正站在我面前笑盈盈地看着我。

我对她说："你放着洋火大街上的洪家面馆不待，跑到这里来做什么？"

"我已经把洪家面馆交给我哥了。"

她见我不相信，就继续说道："我爹娘交代过，到他三十岁那年，就把面馆交给他。操了这么多年的心，我就不能歇歇吗？"

"你哥答应了吗？"

"反正那面馆迟早也是他的，我又何必死赖着不放手呢。"

我没敢接她的话茬，只是耐着性子对她说："你偏要来帮我，当然是便宜我了，可你自己也看到了，"我指了指那透风的哗啦哗啦响的窗户，"我这儿可没你们洪家面馆条件好，你要是来了，可别跟我叫苦。"

"像你这样的傻男人呀，提着灯笼都难找，我有什么可后悔的？真要挑出你什么毛病，啧，"她皱起眉头，"倒是你剃的光头，我早就看不过去了。不过也不是什么大不了的事，我就和他们解释说，好白菜都被猪拱了呗。"

她伶牙俐齿，一时竟让我毫无反驳之语。她见我鼓着腮帮不说话，就伸出柔软的小手给我捶背："好啦，我的大英雄，调侃调侃你还不行嘛。有这生气的工夫，咱们还不如研究研究，怎么把生意做红火呢。"

"我想过了，靠着我这甘峡热汤面手艺，肯定能闯出一番名堂。"

洪二香对我说："你这面馆的优势在手艺，劣势在地方。但你得这么想，地方随时可以变，可手艺却是别人学不来的。"

我点点头道："说得没错。我也真算走运，那房东说了，不急着让我交租。也算让咱们有了缓兵之计。"

洪二香噘起嘴道："我问你，这房东是男的还是女的？"

"女的。"

"该不会看上你了吧？"

我一摊手道："嗨，我一个穷小子，人家看上我什么呀。"

"那我不也看上你了嘛。你要敢对我不好，你就试试看呀。"

按理说，一个位置偏僻的小面馆，是不会有什么生意的。

可我没想到，在我开业第一天，就来了一批素不相识的食客，他们有的人吃完了面，还非要热情地拉着我说几句话："大英雄，你的面可真地道，我下次把我哥们儿也带来给你捧场。"

后来我想，正是这些素不相识的人们对我的信任，更给了我往后做好事的勇气。

我和香儿每天日出而作、日落而息，认认真真地把每一碗热汤面做好。就这样，过了几年光景，凭着自己的双手，我成了货真价实的百万富翁。这滋味，可比守着别人给的空奖票要好多了。后来，我的面馆就从七里关的把角儿开到了洋火大街，甚至比洪家面馆还大。

等我的面馆开大了，吴成坤就跟我说："阿旺，看你现在的身家，还开什么面馆？走呀，我带你去远东做玉石生意，保证你富得流油。"

"人要做好一件事情已经很不容易了，我呀，还是安心做我的热汤面生意吧。"

吴成坤走之前，我亲自做了热汤面替他送行。

他对我说："阿旺，你再好好想想，这可是千载难逢的机会呀。"

"我哪有空闲？我答应了我娘，要回凤跃村看看她。"

"哎呀，这可是大买卖，咱们兄弟联手，肯定能干出大名堂。"

我摇摇头说:"我志不在此。好了,老乡,快干了这杯酒吧,祝你步步高升。"

后来,我听说吴成坤进了一批假玉被人识破,成了诈骗案主犯,一把年纪的还被弄进了局子。我去看他的时候,他嘴倔的脾气一点没变:"阿旺,我真倒霉呀,这坏事净被我赶上了。"

"人要做好一件事情已经很难,而对自己不熟悉的事,还非要去扭曲它,自然是不会有好下场的。"

"何必说得那么清高?做生意不就是这样吗?尔虞我诈,你死我活,否则怎么叫商场如战场?"

"生意还有一层境界——生意生意,就是让别人对你心生敬意。你怀着敬意,别人自然也会这样对你。"

"好啦,少在我这儿酸不溜秋的。别忘了,咱们以前可都是倒数第一,你也没什么了不起的嘛。"

"我从未觉得自己了不起,也不否认自己曾经是倒数第一。不过,我的原则很简单,做人要正直,做事要用心,只要好好做,总会有希望的。"

我领香儿回凤跃村时,我娘见我带了个姑娘回来,笑得眼睛眯成了一条缝。她悄悄对我说:"这丫头挺好,看着有福气。阿旺,你眼光不错呀。"

"那是和我爹学的。他的眼光就高，我也错不了。"

我们去看那修葺中的凤跃村学校时，我的"骆驼"老师正坐在大树旁的一张椅子上歇息。我走过去对他说："老师，你还记得我吗？"

他扶了扶眼镜，眯起眼打量我道："我记得你，你是调皮的阿旺。"

我怎么都没想到，对我这样"倒数第一"的顽劣学生，他却一下就认出了我，这让我一个大男人的眼眶迅速浮上热泪。

我赶紧用手背擦拭掉即将掉落的泪水，对他说："对，我是阿旺，我来看您啦。"

"阿旺，你是好人，把咱们学校给修得漂亮啦。村里人都叫你再世济公。"

"这么多年，我一直想对您说一声，"我深深地吸了口气道，"老师，谢谢您。"

我给我娘盖上了新房，虽然遍地黄金做不到，但也的确不再漏雨了。在我的努力下，凤跃村学校经过一番大肆修葺，变得焕然一新，楼道里贴上了"骆驼"老师一贯的口头禅——"知识改变命运"。许多年后，我终于读懂了他那隆起的背脊，以及我曾不屑一顾的道理。

我仍能透过窗外看到当年的麦地。麦地上，总是透着浓烈的麦香。在那里，有人朝着太阳，不断生长。

尾 声

老板阿旺喝下了最后一杯酒，看了看屋外渐渐变小的雪。

我对他说："百万富翁、破案英雄、再世济公，三个名号倒都名副其实，一点不假。"

他摆摆手道："名号嘛，都是别人给的。"

"什么时候再回凤跃村？"

"过年就回去。"

我笑着说："造福乡亲，你是个好人。不过好人有好报，你的艳福不浅。"

"我得强调，那是香儿看上了我，偏要跟我。"

"你这么说可不地道，把自己撇清了。"

他挠挠头说："我还没说完。她偏要跟我，我也非要跟她。一个巴掌拍不响嘛。"

我看屋外的雪小了，是时候该赶路了。在我启程之前，我向他郑重地告别道："阿旺，我该走啦。"

他笑了笑，对我说："去吧，人生的路还长着呢。"

图书在版编目（ＣＩＰ）数据

麦地 / 钟文著 . —武汉：长江文艺出版社，
2018.12

ISBN 978-7-5702-0553-0

I.①麦… II.①钟 … III.①长篇小说—中国—当代 IV.① I247.5

中国版本图书馆 CIP 数据核字 (2018) 第 166101 号

麦地

钟文 著

选题产品策划生产机构｜北京长江新世纪文化传媒有限公司

总 策 划｜金丽红 黎 波 安波舜

责任编辑｜张 维　装帧设计｜小圆子　媒体运营｜刘 冲 刘 峥

助理编辑｜王晨琛　内文制作｜小圆子　责任印制｜张志杰 王会利

法律顾问｜张艳萍

总 发 行｜北京长江新世纪文化传媒有限公司

电　　话｜010-58678881　　传真｜010-58677346

地　　址｜北京市朝阳区曙光西里甲 6 号时间国际大厦 A 座 1905 室　　邮编｜100028

出　　版｜长江出版传媒 长江文艺出版社

地　　址｜湖北省武汉市雄楚大街 268 号湖北出版文化城 B 座 9-11 楼　　邮编｜430070

印　　刷｜三河市百盛印装有限公司

开　　本｜889 毫米 ×1194 毫米　1/32　　印张｜7.75

版　　次｜2018 年 12 月第 1 版　　印次｜2018 年 12 月第 1 次印刷

字　　数｜130 千字

定　　价｜39.00 元

盗版必究（举报电话：010-58678881）

（图书如出现印装质量问题，请与产品策划生产机构联系调换）